# DISCOURS

## SUR

## LES MONUMENTS PUBLICS,

PRONONCÉ AU CONSEIL DU DÉPARTEMENT DE PARIS,
LE 15 DÉCEMBRE 1791,

## PAR ARMAND-GUY KERSAINT,

ADMINISTRATEUR ET DÉPUTÉ SUPPLÉANT
AU DÉPARTEMENT DE PARIS.

---

C'est un emploi bien honorable et un dessein tout-à-fait
digne de gloire, que celui qui a pour but de faire passer
aux siecles à venir des monuments qui feront leur admiration. Voyez *Formule d'Institution de Théodoric, roi des
Goths et maître de Rome, à son architecte,* traduction de
M. Clerisseau. *Antiquités de la France, I<sup>ere</sup> partie.*

---

## A PARIS,

DE L'IMPRIMERIE DE P. DIDOT L'AINÉ.
M. DCC. XCII.

# AVERTISSEMENT.

Ce rapport a été lu à la derniere séance du conseil du département de Paris. On voit, par son arrêté du 15 décembre, qu'il le jugea digne d'être inséré dans le procès-verbal de sa session, imprimé séparément, et présenté à l'assemblée nationale et au roi.

Le temps qui s'est écoulé depuis ce moment a été employé à la gravure des plans : mais il n'a pu servir à l'auteur pour corriger son ouvrage ; car, du jour même où il en a fait la lecture, il a cessé de lui appartenir.

Conduit par le cours des évènements à s'occuper, pour la premiere fois de sa vie, de ce beau sujet, il ne voit pas sans crainte approcher le moment où son travail sera public.

Pour déterminer les Athéniens à élever ce temple de Minerve, dans les ruines duquel le voyageur, frappé d'admiration, retrouve empreint tout entier le génie de ce peuple effacé de la terre, il

★

fallut les talents réunis de Périclès et de Phidias.
Mais à ce défaut nous avons leur exemple : l'auteur le rappelle aux François libres. Le temps
amenera peut-être un jour pour eux, ce néant qui
menace tout ce qui existe. Les Grecs et les Romains ne sont plus : pourquoi les François vou-
droient-ils toujours être ?

Les monuments sont les témoins irréprocha-
bles de l'histoire; sans leurs ruines augustes tout
ce qu'elle nous a transmis des Grecs et des Romains ne nous eût paru qu'une fable.

Que les François songent à la postérité. Une
nation libre qui chérit la gloire voudra vivre dans
l'avenir et consacrer la plus glorieuse époque des
annales de l'esprit humain ( le triomphe de la
vérité sur toutes les sortes de préjugés) par un
édifice digne de la sublimité de son objet. Ainsi
l'auteur a pensé que le palais national d'un peuple qui fonda sa liberté sur les droits éternels de
l'homme devroit être construit de matériaux in-

destructibles, comme la raison dont il sera le sanctuaire.

Il a pensé que l'élévation des sentiments suivoit, et produisoit les grands desseins et les grandes entreprises; et c'est dans ces idées qu'il demande au peuple françois, au corps législatif et au roi l'achèvement du Louvre et la fondation du *museum*, l'élévation d'un palais national, et la consécration du champ de la fédération.

M. de Kersaint s'est associé dans ce travail deux artistes dont le génie et le goût ont embelli cette capitale, MM. Molinos et Legrand. C'est dans leurs talents et la partie de ce rapport qui leur appartient qu'il place sa confiance. Il n'a d'autre mérite ici que le choix de ses collegues; et c'est du succès de leurs plans qu'il attend celui de cet ouvrage.

Conformément à l'arrêté du 15 décembre, déja cité, les commissaires pour les monuments publics ont été choisis au scrutin. MM. Kersaint,

A V E R T I S S E M E N T.

Talleyrand, Brousse et Dumont, ayant obtenu la
majorité , forment donc aujourd'hui cette commission, laquelle, en conformité du dernier article de l'arrêté du conseil du département, s'est
présentée à l'assemblée nationale le 12 février.
M. de Kersaint, portant la parole au nom de la
commission , a prononcé le discours suivant.
( *Voyez page* 52. )

# DISCOURS

## SUR

## LES MONUMENTS PUBLICS.

### INTRODUCTION.

En m'occupant de la compétence du département de Paris dans ce qui concerne les monuments publics, j'en ai d'abord trouvé la limite indécise : j'ai pensé que cette compétence, dépendant nécessairement de sa position et des circonstances où vous ont placés les conséquences de la révolution, vous pouviez encore imprimer à cette partie le mouvement et la grandeur qu'exige de vous la majesté d'un grand peuple; et que, seul, sous l'autorisation de l'assemblée nationale, le département de Paris étoit chargé de l'honorable fonction de proclamer les évènements dignes d'être transmis à la postérité par cette voix qui parle à toutes les nations, franchit l'espace, triomphe des temps,

Nous avons encore pensé que le département

de. Paris avoit fait un usage trop heureux de l'initiative en ce genre, à la mort de Mirabeau, pour se refuser au principe que nous établissons ici [1].

Considérant ensuite les monuments sous leurs rapports d'intérêt public, nous avons cru que votre position centrale, disons plus, nationale, vous rendoit en quelque sorte responsables envers la nation de la conservation des édifices dont la réputation et la beauté sont une partie de sa gloire, et qu'elle pouvoit vous demander également compte de ceux dont l'opinion publique sollicite depuis long-temps l'élévation ou l'achèvement.

Nous ne pouvions suivre ces idées sans nous arrêter sur tous les monuments que renferme le département de Paris : cette tâche devenoit au-dessus de mes forces; il falloit y renoncer, ou se résoudre à n'en remplir qu'une partie. Vous me pardonnerez, Messieurs, d'avoir proportionné le fardeau à ma foiblesse.

---

(1) Fondation du Panthéon françois sur la proposition du directoire du département de Paris, le 4 avril 1791.

Je ne vous parlerai donc ici que des monuments
à faire : je les considérerai sur-tout dans leurs rapports avec la révolution : c'est par elle et pour elle
que nous sommes ; nous lui devons l'hommage de
nos premiers travaux. Affermissons la liberté, et
tout deviendra facile. Pour y parvenir, joignons
aux instructions de la parole le langage énergique
des monuments : la confiance, qu'il est si nécessaire d'inspirer sur la stabilité de nos nouvelles
loix, s'établira, par une sorte d'instinct, sur la
solidité des édifices destinés à les conserver et en
perpétuer la durée.

Vous êtes, Messieurs, au poste d'honneur de
la révolution, et rien ne peut vous soustraire à la
responsabilité d'opinion résultante de cette position : ainsi vos devoirs s'étendent, à cet égard,
jusqu'où votre sagesse vous permettra d'avancer.

Près des deux grands pouvoirs constitutionnels,
vous êtes appelés à les aider tous deux ; car vous
administrez Paris, non seulement pour les Pari-
siens, mais encore pour tous les François ; et l'influence de votre exemple vous condamne à ne
faire que de grandes et louables choses.

Dans les soins pénibles de l'administration,

vous saisirez, sans doute, Messieurs, comme un dédommagement, le devoir intéressant que vous impose votre position, d'exciter les efforts des arts, d'y mettre un prix, et d'ouvrir la carriere au génie; et vous ne laisserez point échapper de vos mains cette partie des fonctions du surintendant des bâtiments du roi, qui fonde, en quelque sorte, l'empire de cette capita.e, en y concentrant tous les grands modeles et tous les talents distingués.

C'est dans ces idées que nous nous sommes occupés de cette partie.

Le projet, dont j'ai déja eu l'honneur de vous entretenir, d'élever des pyramides pour recevoir les affiches des loix, nous a conduits à des vues plus étendues. Nous avons réuni plusieurs de ces vues relatives aux différents édifices dont la construction paroît être desirée du public, et dont nous pensons que vous devez offrir les plans à l'espérance de la nation, quelque parti que vous preniez d'ailleurs sur l'exécution.

Songez que ce peuple, qui renversa dans un jour la tyrannie de quatorze siecles, détournant aujourd'hui ses regards de ces places, de ces statues, de

ces arcs de triomphe, élevés par-tout pour éterniser le souvenir de sa servitude, doit s'indigner
de ne rencontrer encore aucun monument de la
conquête de sa liberté.

Cependant il est un lieu que son dénuement
même et ses ruines relèvent à ses yeux, et qu'une
simple inscription, *Ici fut la Bastille*, place au
rang des monuments les plus célèbres : le citoyen
de Paris, dont il est l'ouvrage, préfère peut-être
ce lieu, dans son abandon, aux plus superbes
portiques. Mais cette génération, qui voyoit la
Bastille là, et croit la voir encore, sera bientôt
passée ; et c'est pour celles qui lui succéderont
qu'il est temps de vous occuper d'un vœu formé
long-temps avant la destruction de ces odieuses
tours ; vœu reproduit souvent au sein de l'assemblée nationale constituante, l'érection d'un monument sur les ruines de la Bastille.

Les fonds d'encouragement accordés aux dé-
couvertes, aux académies, doivent se distribuer
sous votre direction : mais c'est à vous qu'il appartient de reculer les bornes de la munificence
publique. Vous devez aux artistes, à la splendeur
de la capitale, à vous-mêmes, de la provoquer au-

près de l'assemblée nationale, en lui proposant d'élever un monument digne enfin des évènements mémorables dont nous avons été les témoins, qui réveille parmi nous le sentiment des grandes choses, précurseur des grandes actions.

Tous les membres du conseil n'auront sans doute qu'une même opinion sur ce point.

Mais ils me demanderont sur quels fonds le département peut assigner cette dépense.

Pour résoudre cette question le département a sans doute besoin du concours du corps législatif. Nous leverons cette difficulté en vous présentant nos moyens d'exécution et notre projet d'arrêté. A ce moment il convient d'appeler vos regards sur l'ensemble et la nature des édifices publics dont le département de Paris est, en quelque sorte, comptable à la postérité qui s'avance, et à cette génération qui, sans doute, ne doit pas s'écouler sans avoir vu ces mots gravés sur le marbre et l'airain : *Nous naquîmes dans la servitude ; la mort nous a trouvés libres.*

Ces paroles seront, dites-vous, par-tout où les pouvoirs constitués agiront au nom de la constitution, sur l'écharpe municipale et la médaille du juge de paix; dans l'exercice du droit d'élire ses juges, ses administrateurs, de nommer ses représentants : eh bien ! c'est pour consacrer tous ces droits que j'invoque des monuments où la constitution, reproduite sur le bronze, et les loix réglementaires affichées et proclamées, renouvelleront à chaque instant dans l'esprit du peuple le sentiment régénérateur de la liberté, et le défendront contre toutes les atteintes qu'on voudroit porter à ses droits.

Commençons l'éducation publique; profitons de ce grand mouvement imprimé aux esprits par la révolution, pour appeler le peuple françois à la gloire des plus célebres nations de l'antiquité.

Mais, Messieurs, sommes-nous assez pénétrés nous-mêmes de la dignité de notre mission? Je le demande, qui peut avoir eu la pensée de confier la garde des loix aux tristes et sales murs de cette ville? Croit-on avoir relevé le choix de cette place en y attachant cet écriteau notarial, *Loix et actes de l'autorité publique ?* Qui peut ainsi méconnoître la liaison des idées et la puissance des

impressions analogues? C'est porter atteinte au
respect dû aux loix que d'en confier le dépôt sacré
aux coins de vos rues sans symmétrie, où bientôt,
malgré vos ordres, tous les genres d'affiches seront
confondus, et dont on ne peut approcher sans
risque, où toute lecture attentive et suivie est
impossible.

Quoi! ce sont là, se demande-t-on, les lieux consacrés à l'instruction du peuple? et c'est ainsi qu'on
veut fonder son respect et son amour pour les
loix? Quelle erreur! et que cette erreur est dange-
reuse! Je ne puis le dissimuler, je trouve dans
cette disposition un oubli total des convenances.

Est-ce donc là ce qu'on devoit attendre des
soins et du discernement des administrateurs de
la capitale, des élus du peuple?

Je dois insister sur ce point, et je ne puis, Messieurs, vous épargner ce reproche : nous n'avons
encore rien fait qui réponde en ce genre aux desirs
et à l'espérance des citoyens éclairés ; ils savent
que cette révolution s'est faite par le peuple, et
que c'est par lui qu'il faut la soutenir.

Ils savent que la liberté ne peut s'établir qu'à
l'appui de l'esprit public, c'est-à-dire, la connois-

sance précise de son intérêt et de l'intérêt général, qui résulte de celle des loix, lesquelles ne sont que la regle de ces deux intérêts.

Ils savent enfin qu'on ne soutient le fardeau de la liberté civile qu'avec ce courage qui naît du sentiment de la dignité de son être, et que nous serons écrasés sous les ruines de l'édifice que nous venons d'élever, si nous abandonnons le peuple à son inertie et à son ignorance.

On nous a dit que la constitution françoise n'étoit bonne que pour des hommes raisonnables, et que nous ne l'étions pas; satisfaits de pouvoir se débarrasser ainsi par une épigramme de la difficulté d'en détruire les principes, ou du chagrin d'en reconnoître l'excellence. Mais de cette satyre même nous pouvons tirer une utile leçon.

En effet on ne peut nier que la raison publique ne soit à beaucoup d'égards au-dessous des vérités qui servent de base au système de notre législation nouvelle, et qu'un des plus importants devoirs des magistrats du peuple ne soit d'accélérer par-tout les moyens qui sont en leur pouvoir, l'accord qui doit exister entre les loix et les opinions, afin que chacun soit également capable de connoî-

2

tre ses droits et de sentir l'importance de ses
devoirs.

Quelques uns ont donné à la constitution le
titre auguste d'*évangile humain*. Eh bien! Messieurs, imprimez-lui ce grand caractere; vous le
pouvez à cet instant où toutes les ames sont pé-
nétrées du saint enthousiasme de la liberté. Oui,
le moment est arrivé de fonder le culte des loix,
sans lesquelles la liberté ne peut exister.

Ministres de cette nouvelle religion, la seule
qui doive avoir des temples sur la terre, car le
temple digne du vrai Dieu est l'univers, ou le
cœur de l'homme vertueux; magistrats, administrateurs populaires, hâtez-vous donc de poser les
fondements de ces prytanées patriotiques, où vous
allumerez le feu sacré de l'amour de la patrie!
hâtez-vous d'ouvrir par-tout des sanctuaires à
cette nouvelle religion qui considere les hommes
dans leurs rapports entre eux, et n'a d'autre objet
que leur plus grand bonheur sur la terre!

Premiers enfants de la constitution, consacrez
à nos loix des édifices dans lesquels chacun puisse
les consulter en paix, dans lesquels se cherche-
ront, aimeront à se rencontrer, à se reconnoître,

les bons citoyens, les zélés patriotes, les défenseurs ardents de la chose publique, les soutiens de notre constitution, qui long-temps encore aura besoin, pour résister à ses ennemis, de toute l'énergie de ceux qui l'ont fondée.

Si j'avois à parler à des hommes pris au hasard et qu'il fallût instruire, je m'arrêterois avec plus de détail sur l'importance des monuments publics, sur leurs rapports avec les mœurs et la législation, sur la nécessité de frapper l'esprit de la multitude par le concours des objets extérieurs, dans le même temps où l'on cherche à la convaincre par des raisonnements. Ce qu'ont fait les imposteurs au nom de Dieu, au nom des rois, pour asservir les esprits et captiver les hommes, faites-le, leur dirois-je, au nom de la liberté et de la patrie; et que l'exemple de ceux qui surent fonder parmi nous, et d'une manière si durable, l'empire de l'erreur, ne soit pas perdu pour les promoteurs de la vérité et les fondateurs d'une constitution qui garantit à l'homme ses droits inaliénables.

Mais, vous en êtes déja convenus, tout ce que les philosophes ont imaginé pour fortifier les sentiments humains par le concours de toutes les sen-

sations doit être mis en usage en faveur de l'a-
mour et du respect qu'il est nécessaire d'inspirer
pour les loix. Là où la force ne regne pas, la puissance publique est dans l'opinion. Faisons donc
tout ce qui peut dépendre de nous pour développer cette opinion créatrice et conservatrice de la
paix sociale dans un pays libre.

Rien ne peut y contribuer davantage que les
soins, les distinctions, l'appareil dont vous en-
vironnez la promulgation des loix ; et je vous ob-
serverai que ces soins vous sont spécialement ré-
servés par la constitution.

Vous avez déja fait un pas vers ce but important, Messieurs : mais, je vais le répéter, cette premiere mesure est insuffisante ; j'oserois dire plus,
elle ne remplit aucun des objets que vous avez dû
vous proposer. Les actes des autorités publiques
sont encore confondus sous nos yeux avec cette
foule d'écrits que les différents intérêts, les différents esprits adressent chaque jour à la curiosité et
aux passions diverses des habitants de la capitale.

Il vous convient d'envisager d'une maniere plus
étendue ce sujet vraiment important et qu'on peut
appeler le complément de la loi.

L'assemblée constituante vous en a laissé la possibilité : cette question, agitée dans une des séances du précédent conseil du département, sur ma proposition, y fut bientôt portée; mais, ne pouvant s'arrêter sur ces détails, l'assemblée constituante rendit un décret qui consacre le principe : la gloire d'en faire une utile application vous étoit réservée.

Votre sollicitude ne doit pas se borner aux moyens d'assurer, par des monuments particuliers, le respect dû aux loix. Les conséquences nécessaires du principe qui vous détermineront à donner votre approbation à ce plan vous conduisent à reconnoître la nécessité d'élever un palais national, un temple majeur, à ceux-là mêmes qui représentent le peuple et sont les organes de sa volonté souveraine.

L'hommage que vous voulez rendre aux loix faites vous rappellera naturellement le respect dû aux législateurs qui les font. Lorsqu'on voit, d'un côté, ce magnifique palais entouré de gardes, ces vastes portiques, cet appareil qui précede les mouvements de celui que la constitution y rend le dépositaire d'un des pouvoirs qui nous gouvernent; et que, tournant ses regards vers cet autre

lieu où se pesent véritablement les destinées de
vingt-cinq millions d'hommes, car notre sort dépend des loix, vers ce lieu qui rassemble l'élite de
la nation réintégrée dans ses droits primitifs; l'on
a droit de s'étonner, peut-être, qu'entre des pouvoirs émanés de la même source, et sans doute
également recommandables aux yeux de la nation
qui les a créés, tant d'honneurs, tant de pompe
accompagne celui qui, dans l'ordre naturel, ne
se présente cependant pas le premier, et, pour
m'exprimer sans détours , que l'assemblée nationale et le roi soient si inégalement traités dans les
accessoires qui les environnent [1].

---

(1) Quelques personnes, qui craignent avec raison tout ce qui
pourroit porter atteinte au respect dû aux autorités supérieures,
nous ont fait des observations sur ces expressions, qui semblent,
disent-elles, décider une question de suprématie, à laquelle on
ne peut toucher qu'avec le plus grand ménagement. Nous avons
cru qu'il seroit utile de fixer ici notre opinion individuelle sur
cette grande question. Nous pensons que la liberté d'une nation
résulte du sentiment général dont elle est animée. A-t-elle la confiance de ses forces, de ses droits, de sa dignité? l'espoir de l'op-
primer devient chimérique et se cache au fond de l'ame des tyrans.
Il faut avilir un peuple avant de l'enchaîner. Eh! comment avilit-on
un peuple? D'abord dans la personne de ses représentants: on

Je sais que les circonstances ont excusé quelque temps cette inégalité : mais si vous la souffrez plus long-temps, vous en serez les complices volontaires; et le peuple vous demandera compte un jour du peu de soin que vous aurez pris de relever la majesté nationale dans la personne de ses représentants, et les appellera peut-être loin de vous.

Une partie des motifs qui nous ont déterminés à vous proposer l'érection d'édifices propres à recevoir l'affiche et le dépôt des loix s'applique à cette seconde proposition, avec peut-être encore plus d'avantage : car c'est là même où se forme la loi, que doit commencer le respect religieux que

l'accoutume ensuite à l'idolâtrie par les hommages rendus à un seul homme; et ses yeux vaincus par la pompe dont on sait l'environner, bientôt son ame demeure sans force pour se relever de ce premier abattement. Ainsi, et sans que vous vous en soyez apperçus, de nombreux citoyens dégénerent chaque jour, et, là où naguere vous ne voyiez que des hommes libres, vous ne rencontrez plus que des esclaves. François, voulez-vous prévenir ce malheur? songez que l'assemblée nationale vous représente à tous les moments, qu'elle veut pour vous, qu'elle est, en quelque sorte, votre ame, et que le jour où vos représentants ne seront plus environnés de votre respect et de votre amour sera le dernier de votre liberté.

vous voulez qu'elle inspire : sentiment qui, chez les peuples libres, est seul garant de leur exécution.

Mais si de ces considérations morales je passe à des vues moins élevées, mais qui n'en sont pas moins déterminantes pour vous, l'intérêt de vos administrés, je trouve une foule de motifs pour hâter l'exécution de ce projet. Les ennemis du bien public ont, par tout ce que la haine a de plus subtils poisons, tenté d'aliéner l'esprit des dé-partements intérieurs contre le département de Paris.

Ils ont excité contre la capitale cette affligeante et trop irascible disposition du cœur humain, la jalousie. C'est à vous qu'il appartient de changer cette disposition (que tout vrai patriote déteste et que d'ailleurs les grands services rendus à la révo-lution par les habitants de cette ville compriment encore) en une affection fraternelle et civique. L'amour-propre de la nation l'unit à la splendeur de la capitale, et la reconnoissance pour elle existe encore dans le cœur de tous les François.

C'étoit, il faut en convenir, une idée profondé-ment *contre-révolutionnaire*, que l'anéantissement de cette ville, où se trempent les armes de la

raison, ces armes dont la seule vue fait pâlir le
despote orgueilleux, le prêtre fanatique, et tous
les fauteurs de la tyrannie, sous quelque nom
qu'ils se déguisent.

   Paris, ce point lumineux du globe, ce foyer d'où
s'échappent, sans l'épuiser, des torrents de lumie-
re; Paris vous est confié. Quel immense dépôt! et
que sa conservation doit exciter votre vigilance!
Rappelez cette cité célebre à sa destination; c'est la
ville commune, la ville de tous, la cité des cités,
l'orgueil de l'empire. Pour donner à cette vérité la
force d'un sentiment, consacrez en commun un
grand monument à l'assemblée représentative, à
l'assemblée nationale : n'ambitionnez pas l'honneur de le construire seuls; que la dépense en soit
supportée par tous, et prélevée par le moyen des
contributions volontaires. Je sais que les fonds
accordés par l'assemblée nationale seroient aussi
le produit des contributions de tous ; mais cette
forme accoutumée réveilleroit l'idée des sacrifices habituels du trésor public en faveur de Paris,
tandis que, chaque département s'imposant lui-
même pour acquitter cette dépense, chacun croira
sentir qu'il possede une part de l'édifice qu'il aura
contribué à élever par vos mains. Je proposerois

que le plan en fût déposé dans les salles d'assem-
blées de tous les corps constitués ainsi que celui
de Paris, sous ce titre, *Paris, ou la ville commune
à tous les François*. En effet qu'est-ce que ce
département? Peut-il exister par lui-même? et
le législateur, en circonscrivant son territoire,
n'a-t-il pas implicitement reconnu ce principe,
que cette grande cité n'étoit la ville de personne
parcequ'elle étoit celle de tous?

Pour fonder cette opinion que tout appuie aux
yeux de la raison, le palais national n'est pas le
seul monument que vous deviez ériger en commun : et, sur ces principes, le muséum, le champ
de la fédération, le temple de mémoire ou le panthéon françois, l'académie centrale d'instruction,
l'hospice des aveugles, des sourds et muets; tous
ces édifices ou établissements, qui sont le patri-
moine de tous, doivent être entretenus, agrandis,
embellis aux frais de tous. Nous rappellerons encore au souvenir de la France entiere ceux qui existent déja, et dont vous n'êtes que les gardiens
pour elle; la bibliotheque nationale, le jardin des
plantes, les invalides, l'observatoire, la monnoie,
le superbe palais où la nation loge ses rois, les
académies et l'université. Voilà les liens qui doi-

vent vous unir aux quatre-vingt-trois départements qui vous environnent. L'établissement du
pouvoir exécutif dans ses branches principales
n'est-il pas encore fondé pour l'avantage commun?
En vous rappelant rapidement ces faits, je n'ai
voulu que porter les premiers coups à cette doc-
trine sourde et meurtrière que la plus profonde
malice se plaît à propager, que Paris est un fardeau
pour les autres villes. C'est à vous, Messieurs, à
combattre, à l'aide des talents supérieurs que vous
réunissez, cette opinion pernicieuse; et peut-être
trouverez-vous que, pour y parvenir, il est peu de
moyens plus efficaces que ceux que nous vous
proposons, et qui vont recevoir une nouvelle
force des détails de l'exécution des divers monuments dont le département de Paris doit solliciter
l'érection dans la capitale.

Nous distinguerons les monuments dont nous
avons à vous entretenir en monuments commémoratifs simples et en monuments publics mixtes. Par
les derniers nous entendons ceux qui sont appro-
priés à quelque usage, tels que le palais national, le
muséum, etc. Le nom des premiers n'a pas besoin
de commentaire.

# CHAPITRE PREMIER.

## DES MONUMENTS COMMÉMORATIFS SIMPLES.

### DES PRYTANÉES.

Nous appellerons d'abord votre attention sur les prytanées ou dépôts des loix, qu'il conviendroit d'établir dans les différentes sections de Paris et cantons du département. Dans ce projet, qui n'est, ainsi que vous venez de le voir, que le développement de l'intention du législateur, (voyez la loi du 22 mai 1791), nous avons considéré trois choses.

1°. Le système général des édifices relativement à leur objet.

2°. La nature des emplacements dans lesquels il seroit possible et nécessaire de les élever.

3°. La dépense qu'occasionneroit leur construction.

C'est en suivant l'ordre de ces propositions que nous sommes arrivés au résultat suivant.

Sur le système des édifices, nous avons pensé qu'il convenoit de réunir au caractere le plus simple la solidité et la majesté. Mais ces conditions

étoient difficiles à obtenir en suivant les formes
reçues, à moins de sortir des bornes prescrites
par les emplacements d'un côté, et les mesures
de dépenses de l'autre. Ces considérations nous
ont conduits à chercher une forme nouvelle et qui,
en ne rappelant pas des idées déja connues, se lie-
roit plus naturellement avec celles que nous vou-
lions produire, et qui doivent résulter de l'usage
même de ces monuments.

L'inspection des lieux nous a conduits à une seconde détermination : nous avons vu que là où un
édifice ne pouvoit être placé, se réunissoit cependant le plus grand nombre de citoyens, auxquels
il importe de rappeler le respect dû aux loix, en
les leur mettant sous les yeux, en leur donnant la
facilité de les connoître, en les invitant en quelque
sorte à les étudier par les facilités dont vous en-
vironneriez cette étude; et perdant ici de vue tout
autre but, nous avons pensé que c'étoit à l'obliga-
tion stricte de le remplir que nous devions subordonner toutes nos combinaisons. Ailleurs l'éloi-
gnement et le petit nombre des habitants, l'isola-
tion des quartiers, nous ont fait penser qu'un édifice dispendieux seroit aussi déplacé qu'inutile, et

qu'il falloit en ceci, comme en toute chose, pro-
portionner les moyens aux fins, et modifier nos
idées sur les circonstances.

Enfin, arrêtant nos regards sur ces places célèbres embellies par les arts, qui, en nous rappelant
que nous n'avons pas toujours été libres, relevent
encore à nos yeux le prix de la liberté, nous avons
pensé que nous devions réserver le concours de
nos moyens pour ajouter à l'ornement de ces lieux,
rendez-vous ordinaires des étrangers ; persuadés
que si la simplicité, si le dédain d'un luxe frivole
ou d'ostentation doivent être le caractere d'un
peuple souverain, la munificence, la grandeur,
le goût, l'empreinte du génie, doivent éclater dans
toutes les dépenses nationales, et briller de tout
leur éclat dans ces places, où le voyageur vient,
en quelque sorte, prendre la mesure du génie
d'une nation : là doit se réunir, pour imprimer le
respect et l'admiration, tout ce que les arts ont de
plus parfait : là, fier de la beauté des édifices et
des éloges qu'il leur entend prodiguer, le citoyen
s'enorgueillit de sa patrie, et recueille le prix des
sacrifices qu'il aime à lui faire d'une portion de sa
fortune dans les contributions publiques. Ces pen-

sées devoient nous déterminer invinciblement à
réserver, pour ces lieux privilégiés des arts, des
monuments plus soignés : car c'est dans ces cen-
tres de mouvement que se forment les opinions
prépondérantes ; c'est là qu'on viendra juger du
goût et de l'esprit de votre édilité constitution-
nelle, et que l'impression salutaire et profonde
dont vous voulez fortifier l'esprit public, reçue
par tous ceux que la curiosité, l'intérêt, les affai-
res appellent dans cette capitale, sera bientôt re-
portée dans toute l'étendue de l'empire et le reste
du monde.

Ces vues diverses nous ont dirigés dans un
choix de moyens qui se trouvent heureusement
d'accord avec la troisieme et très importante considération, à laquelle il faut à la fin subordonner
toutes les mesures en administration, la dépense
et l'économie.

En classant ainsi nos monuments en trois
genres, le plus grand nombre se trouve appartenir au moins coûteux de tous, au simple
pentagône adossé (planche 1re), lesquels coûteront
au plus 1,000 livres. [1]

_____

(1) Il n'est question, dans cette évaluation, que de la façon seulement.

La seconde classe, que nous déterminerions pour les marchés publics (voyez planche 2$^{me}$), ne passera pas mille écus. Enfin les édifices d'ornement et d'embellissement étant en très petit nombre, et la simplicité de leur construction n'en portant les frais que très peu au-delà de 10,000 liv. (planche 3$^{me}$), nous avons la juste espérance que ce projet ne trouvera point d'obstacle de ce côté. Et, cette difficulté vaincue, nous pensons que rien ne peut empêcher le conseil du département de s'honorer en donnant le premier exemple de son attachement aux loix nouvelles, en leur érigeant le premier un culte et des temples où les François pourront à toute heure consulter la regle de leur conduite, et se pénétrer de ces sentiments généreux et fiers que la connoissance de leurs droits inspire aux hommes libres. C'est là qu'en se rencontrant on pourra se tendre la main, se parler sans défiance, se confondre avec ses semblables dans le plus doux et le plus énergique des sentiments, l'amour de la patrie. Hé! n'en doutez pas, s'il entroit jamais dans cet asyle de la loi quelque mauvais citoyen, il en sortiroit patriote.

Mais, en vous proposant l'érection de ces

édifices, dans la vue d'environner la publication des loix d'accessoires propres à fortifier l'impression qu'elles sont destinées à produire sur l'esprit de la multitude, j'ai dû chercher tout ce qui pourroit contribuer à leur assurer cette influence morale et civique.

Deux idées se sont présentées d'abord à mon esprit : la premiere, de placer dans l'intérieur de ces monuments la constitution sur des tables de bronze : la seconde, d'y élever un piédestal pour les statues de ceux qui sauront la défendre et la perfectionner.

Et déja vous pouvez dédier les trois premiers monuments à ceux que la reconnoissance publique a consacrés à la postérité. Un des trois, placé sur les ruines de la Bastille, et auquel l'artiste sauroit imprimer le caractere qu'exigent impérieusement les salutaires souvenirs que ce lieu doit rappeler aux François libres, où l'on retrouveroit Mirabeau, satisferoit Paris et la France.

Rousseau, appelé le second au champ de la fédération, ce génie tutélaire des amis des hommes, doit être près de l'autel où les François ont juré le contrat dont il avoit posé les bases.

4

Enfin le chantre de Henri, Voltaire, le plus populaire des philosophes parcequ'il a mis la philosophie à la portée de tout le monde, seroit placé sur ce pont où son héros semble demander grace au peuple pour les rois qu'on lui a trop souvent comparés, et qui ne lui ressembloient guere.

Nos autres édifices seront vacants. Mais qui peut égaler l'éloquence de cette pierre solitaire attendant un grand homme ? Ne voyez-vous pas le bon pere, la mere sensible, conduisant leur fils, comme par hasard, dans ce lieu vénéré, attendre impatiemment cette question si naturelle : Pourquoi cette pierre? Pour vous, mon fils, si vous avez le bonheur de rendre un grand service à votre patrie et de vous distinguer entre ceux qui doivent vivre et mourir pour elle. Me demanderoit-on encore, après cela, à quoi bon ces édifices? Ceux qui me feront cette question n'entendroient point ma réponse, et je m'en dispense. Un géometre assistoit à la représentation d'une de nos plus belles tragédies; autour de lui chacun versoit des larmes; et le malheureux leur demandoit encore, Qu'est-ce que cela prouve? [1]

_____

(1) *Nota.* Si le conseil adopte ce projet, le directoire trouvera ;

# CHAPITRE II.

## DU CHAMP DE LA FÉDÉRATION.

Il est des choses si grandes par elles-mêmes, si relevées par les circonstances dont elles réveillent le souvenir, que les louer c'est les profaner ; prononcer leur nom c'est avoir tout dit. Ce sujet, Messieurs, et vous me le pardonnerez, me ramene aux temps anciens. Eh! qui pourroit parler des monuments et de la liberté sans invoquer la Grece, sans vous offrir ses exemples? Quel arc de triomphe, quel temple fut jamais plus vénéré que cet étroit passage, cette porte du Péloponnese où l'on rencontroit ces mots : *Passant, va dire à Sparte que nous sommes morts ici pour obéir à ses saintes loix ?*

Si j'avois un fils, je le conduirois aux Thermopy-

---

dans le mémoire que je remets sur le bureau, le devis de la dépense qu'il doit occasionner dans son exécution. Ce mémoire est l'ouvrage de deux artistes également distingués par leur civisme et leurs talents. Pour rendre l'exécution moins dispendieuse, on pourroit employer les matériaux de la Bastille, ou autres démolitions ; et je dois prévenir que c'est sur cette donnée qu'on a fondé les calculs.

les pour essayer son ame, ou pour lui en donner une
s'il n'en avoit pas. Mais pourquoi le conduire hors
de sa patrie ? Avez-vous oublié celle qui lui fut ac-
quise le 14 juillet 1789? C'est au champ mémorable où les François se sont unis , en présence du
ciel et du monde entier, par le serment de vivre ou
de mourir libres, que vous appellent ces nobles sentiments : là vous verrez l'ouvrage des mains de nos
femmes, de nos enfants; là s'est réalisé le systême
de nos loix immortelles ; là nous avons vu tous les
François égaux et libres..... Eh bien ! consacrez
donc ce lieu. Je ne vous demande que l'espoir d'y
rencontrer sur un bloc de granit les mots que vous
venez de prononcer. Ce rocher deviendra l'autel
sur lequel tout François , et tout homme qui saura
que la France existe, voudront, une fois au moins
dans la vie, prononcer l'arrêt de mort des tyrans.

Mais cette enceinte est abandonnée : l'autel de
la patrie , composé de fragiles matériaux, semble
dire au despotisme : Le serment des François ,
qui t'a fait trembler, sera fragile et passager comme
moi. Pardonnez, Messieurs, ces mouvements, ces
expressions, ces reproches, à mon ardent amour
pour cette constitution dont j'avois devancé l'es-

pérance, non seulement par mes vœux, mais encore par mes écrits. Je ne puis vous cacher mes craintes pour cette liberté dont j'ai fait mon idole. Quel devoit être son premier effet sur nos esprits? de nous inspirer de grandes choses. Eh! qu'avons-nous fait, nous? rien : le peuple? tout. La Bastille, qui l'a prise? le champ de la fédération, qui l'a fait?... Mais le peuple n'a que des élans; c'est à nous, c'est à ses mandataires à suivre l'impulsion qu'il a donnée. Eh bien! cette impulsion vous commande d'élever un monument durable au champ de la fédération ; que les matériaux en soient, s'il se peut, indestructibles ; que le granit des côtes de Normandie, et que la Seine peut conduire avec tant de facilité jusqu'au pied de l'autel de la liberté, s'accumule pour cette construction.

Que les frais de cette noble entreprise soient supportés par tous les bons citoyens; et, pour fixer la portion qui doit être prélevée sur chaque département, vous avez une échelle toute naturelle dans les rapports que la représentation nationale vous présente.

En divisant la dépense en 743 , chaque

département en acquitteroit autant de parties qu'il
auroit de députés à l'assemblée nationale; le premier député de chaque députation pourroit être
chargé de surveiller et d'inspecter les travaux et
la dépense.

Tous les artistes de l'empire seroient invités à
concourir patriotiquement à l'exécution de ce
projet civique par le sacrifice d'une petite portion de leur temps.

L'ouvrage seroit simple et d'une estimation facile, susceptible de très peu d'abus; et l'on a lieu
d'espérer que ce travail inspireroit trop fortement
dans l'ame des François qui y seroient employés
les sentiments élevés de l'amour de la patrie, pour
laisser agir le vil sentiment de la cupidité.

Je terminerai ce que j'avois à vous dire sur les
monuments commémoratifs, par un simple vœu
auquel s'unira sans doute celui de tous les amis de
la constitution; je demande que la statue votée
à J. J. Rousseau par l'assemblée constituante
soit placée sous l'autel de la patrie, et que sur le
piédestal soit gravé, sur le granit, la déclaration
des droits; que la constitution l'environne, et que
le parvis du sanctuaire, où l'on ne pourroit entrer

que le 14 juillet de chaque année, reproduise le
plan géométral de la France dans sa situation
astronomique, suivant sa division constitution-
nelle.

Que tous les soins imaginables soient pris pour
que ce monument triomphe des révolutions, et
physiques et morales, qui replongent trop souvent le genre humain dans la barbarie.

Ainsi, l'autel de la patrie deviendroit le type
des prytanées répandus sur la surface de l'empire ;
ainsi, ces monuments réveilleroient le souvenir
de l'acte mémorable d'union de tous les François,
et des sentiments fraternels dont le champ de la
fédération doit éterniser la durée.

Nous avons destiné l'intérieur des prytanées à
recevoir les statues de ceux que de grands services rendus à la patrie en auront fait juger dignes.
Je voudrois ajouter à cette première distinction
l'inscription de leurs noms dans ce sanctuaire de la
liberté, et l'indication de leurs opinions religieuses.
Ainsi, le préjugé qui donne de l'importance dans
l'ordre civil à ces opinions s'effaceroit sans effort
de nos esprits; et l'on reconnoîtroit enfin qu'aucune de ces opinions, quelle qu'elle soit, n'est

contraire à l'exercice des vertus utiles et civi-
ques, puisque toutes auroient donné des héros à
la patrie.

Je dois cette idée, Messieurs, à l'un de nos collegues; c'est un rayon céleste répandu sur mon
travail.

Les mémoires de MM. Molinos et Legrand, et
leurs plans, que j'ai l'honneur de présenter au
conseil, me dispensent de m'étendre plus loin sur
ce sujet. Ces mémoires sont dignes de toute l'attention du département de Paris : car les projets de
cette nature se conçoivent aisément : mais c'est
dans leur exécution que le talent et le génie dé-
ploient toute leur force.

# CHAPITRE III.

## DES MONUMENTS PUBLICS MIXTES.

### PALAIS NATIONAL.

La nécessité des monuments publics tient à des considérations politiques et morales, qui, par leur nature, frappent très inégalement les esprits. Je crois nécessaire de construire des édifices dans les divers quartiers de Paris, pour y recevoir l'affiche des loix; de consacrer l'acte d'union du peuple françois au champ de Mars par un monument durable. On peut aisément contester cette nécessité; cependant je ne puis rien ajouter aux motifs que je vous ai présentés pour vous amener à mon avis : les raisons qui me décident à vous proposer d'élever un palais à l'assemblée nationale sont du même genre. Je commencerai par une considération administrative.

Sans vouloir rétrécir une grande idée par les calculs d'une sordide économie, un administrateur sage ne doit jamais adopter un projet sans en avoir mesuré la dépense, au moins par apperçu; la possibilité de l'exécution dépendant essentielle-

5

ment de cette partie, il doit s'en être occupé, ou
ses projets ne sont que des rêves qui ne mérite-
roient point l'attention d'une assemblée d'hommes sages.

Ces vues d'ordre nous ont donc portés à chercher les moyens de réunir l'économie dans les dépenses, et la célérité dans la construction, à la
grandeur et à la majesté de l'édifice que nous vous
proposons d'élever à l'assemblée nationale. Un
concours unique de circonstances nous offre l'espoir de rassembler tous ces avantages d'une maniere qui ne vous laissera rien à desirer.

Un artiste distingué avoit attaché sa vie et sa
gloire à un monument fondé par l'ostentation re-
ligieuse : ce monument s'éleve avec lenteur, et
pour un autre siecle, sur un plan véritablement
grand et sous le nom de l'église de la Madeleine.
Déja son portique superbe fixe les regards, inspire de nobles pensées; et cependant on se dit,
avec un sentiment mélancolique : Je ne jouirai
point de l'ensemble perfectionné de ce bel édifice. L'artiste lui-même ne sait s'il crée un temple
ou des ruines.

C'est à vous, Messieurs, qu'il appartient de

transformer toutes ces sollicitudes en un sentiment de satisfaction publique ; changez la Madeleine en un palais national : là où l'on sert la patrie
on sert aussi le Dieu qui nous l'a donnée. Paris
contient cinquante églises désertes : à quoi bon en
construire une nouvelle ?

Ramenez les monuments à leur destination premiere ; qu'ils soient consacrés aux citoyens qui ho-
noreront leur vie par l'utilité dont ils sont à leurs
semblables ; qu'ils soient consacrés aux loix qui
fondent le bonheur de l'homme en société ; qu'ils
nous rappellent les fautes ou les vertus des rois ;
qu'ils soient la leçon du peuple et de la postérité.

L'effet le plus salutaire de notre révolution doit
être de tout ramener à son principe. Cessons de
vouloir rapetisser l'infiniment grand, et donnons,
s'il se peut, de la grandeur à ce que notre petitesse
peut saisir.

Entraînés par ces idées, nous avons vu le plan
de la nouvelle église de la Madeleine, et son
architecte, prévenu que l'assemblée nationale
n'avoit assigné aucun fonds pour la continuation de
son monument : cet artiste s'inquiete de voir ainsi
s'évanouir toute l'espérance de sa vie.

Cependant, lorsque l'autorité se sera expliquée sur son changement de destination, vous ne trouverez aucune difficulté de la part de *M. Couture* à l'exécution de vos vues. La possibilité d'approprier ce monument à sa nouvelle destination a été reconnue en sa présence même, par MM. Molinos, Legrand et moi. Là, vous trouverez tout réuni dans une perfection extraordinaire ; emplacement, situation, décoration principale extérieure ; une grande avance sur les fonds à dépenser ; un temps précieux de gagné pour la jouissance ; une solidité à toute épreuve ; l'occasion d'ajouter une derniere perfection à la plus belle portion de ville qui existe sur la terre, et de clorre ce beau cadre par le plus mémorable édifice ; enfin, de satisfaire au vœu pressant du public d'une maniere qui remplisse l'attente des plus chauds partisans de la majesté du peuple et de la dignité nationale. L'apperçu de cette dépense, suivant l'avis des gens de l'art, est de quatre à cinq millions au plus, qui, si vous adoptez ma proposition d'en faire une dépense commune et civique entre les quatre-vingt-trois départements, donneroit pour la part de chacun la somme modique de 50 à 60,000 francs.

Eh! quel est le département qui se refuseroit à cette dépense véritablement nationale? Mais ce n'est point une dépense, c'est au contraire une grande économie que nous vous proposons. La valeur des biens nationaux qu'occupe actuellement l'assemblée nationale est de beaucoup supérieure à la somme demandée pour la loger avec convenance et commodité : l'apperçu de ce que coûte l'établissement actuel de l'assemblée est de plus d'un million par an [1]; et moins du quart de cette somme, employé dans le local de la Madeleine, pourroit suffire.

Les détails en seront mis sous vos yeux dans un mémoire particulier: mais, Messieurs, si vous don-

---

[1] La superficie actuellement occupée par l'assemblée nationale, et ses dépendances sur le terrain des Capucins, des Feuillants et du manege, est d'environ quatorze mille et soixante toises, qui, évaluées à 1500 liv. la toise, prix moyen, y compris les bâtiments, et vu l'avantage de cette position, produit une somme de 21,090,000 livres, dont l'intérêt donne pour loyer annuel 1,054,500 liv. : ajoutant le produit que donneroit la vente de ce terrain en droits et contributions, on peut avancer que le séjour de l'assemblée nationale dans un lieu aussi incommode au service et aussi peu digne de la majesté du peuple coûte annuellement au trésor public près de 2,000,000.

nez votre assentiment à ce projet, mettons à son exécution toute l'activité d'un zele vraiment patriotique; appelons à notre aide le concours de tous les excellents artistes; que le génie des arts préside à la construction de cet édifice; et songeons qu'il doit être en harmonie avec les beautés de la capitale, les lumieres de ce siecle et l'esprit de la révolution. Ephese avoit un temple qu'on venoit visiter de toutes les parties du monde alors connu. Que le palais national inspire une égale curiosité, et qu'il soit, s'il se peut, autant au-dessus des temples de l'antiquité, que la vérité et la philosophie sont supérieures aux fables et aux oracles menteurs qui les ont rendus célebres.

*Nota.* Il importe, Messieurs, en adoptant cette proposition, de statuer en même temps sur une destination nécessaire d'une église conventuelle, pour remplacer, comme paroisse, l'église dont vous changerez la destination. De cette maniere vous satisferez à tout; et nous pensons que l'assemblée nationale, en agréant votre projet, se prêtera d'autant plus volontiers à cet échange, que c'est pour elle que vous aurez travaillé.

## DU MUSEUM.

On entend par ce mot la réunion de tout ce que la nature et l'art ont produit de plus rare et de plus parfait. Un *museum* est le temple de la nature et du génie : cette définition simple indique à la fois l'idée et les proportions du monument digne de porter le titre de *museum* françois. Déja votre imagination me devance dans le choix du seul édifice qui mérite, au milieu de nous, d'être consacré par ce noble titre.

Depuis long-temps l'opinion publique désigne une des parties du Louvre ; de ce monument de gloire et de honte, de ce monument qui seul rappelleroit au François libre, s'il pouvoit l'oublier, les vices du gouvernement qu'il a renversé.

C'est en étudiant ce palais, tracé sur le plus grand modele, qu'on passe, sans intervalle, de l'admiration à l'indignation ; et que, dans cette alternative, on se sent autant de respect pour les efforts de ces artistes dont les mains industrieuses l'ont semé de chefs-d'œuvre, que de haine et de mépris pour ces ministres dont l'insouciance criminelle les a laissés au milieu des ruines.

Qui de nous , en rapprochant l'abandon de ce monument et ces masures adossées à la plus superbe colonnade, des palais du luxe scandaleux des agents du fisc, et des dilapidations des satrapes qui nous gouvernoient, ne s'est indigné de cet abandon et de cette affectation de mépris pour le vœu national, et n'en a senti croître sa haine contre ces insolents despotes, qui pouvoient ainsi, au milieu de la capitale , insulter impunément à la majesté d'un grand peuple ?

Frappé comme nous de ce contraste, quel étranger, visitant notre pays, n'en a pas remporté dans le sien la pensée que nous étions la plus méprisable ou la plus asservie des nations ? Aujourd'hui que nous sommes remontés au rang des peuples libres, laisserons-nous subsister plus long-temps au milieu de nous ce témoin de notre servitude et de notre barbarie ?

Apprenons au monde ce que peut un peuple souverain ; et que l'achèvement du Louvre devienne un éclatant témoignage de la supériorité du régime nouveau sur le régime ancien. Que ce projet, renouvelé sous chaque regne, présenté à tous les ministres, sollicité vainement par tout ce que la France a produit d'hommes célebres dans les arts et les sciences, que trois siecles de despotisme n'ont pu conduire à sa fin, soit arrêté l'an troisieme de notre liberté, pour être offert à l'admiration de l'Europe, dans le seul temps nécessaire à l'achevement d'une si grande entreprise.

Nous avons dû fixer votre attention sur l'état honteux dans lequel l'ancien gouvernement a laissé le Louvre; parcequ'il est important de fortifier les sentiments que les François doivent à la constitution qu'ils se sont donnée, par toutes les idées morales capables de réveiller en eux le sentiment des maux passés; et qu'une entreprise de la nature de celles que nous vous proposons doit être soutenue par la volonté ferme de la nation; que cette volonté doit s'appuyer sur le sentiment de sa gloire, essentiellement liée au triomphe des arts, dont le Louvre achevé deviendra le palais; et sur-tout à l'honneur de faire en peu d'années ce que dix rois et cinquante ministres dilapidateurs n'ont pu faire en plusieurs siecles.

Mais qu'on ne pense pas que je fonde cette proposition sur ces seules considérations. J'ai dû parler à l'ame, à l'esprit, au patriotisme, avant de

6

m'adresser à l'intérêt. En cela je me suis conduit
en vrai François, en citoyen. Je vais parler main-
tenant en administrateur.

Nous avons à recueillir une succession immense, mais délabrée, obérée, mais brillante. Une nation qui se gouverne elle-même doit se conduire,
dans l'arrangement d'une telle affaire, par les principes d'ordre que des héritiers sages mettroient
dans le recouvrement d'une succession qui leur
laisseroit un mobilier immense, mais épars dans
un grand nombre de châteaux qu'ils seroient con-
traints de vendre pour se liquider. Ces héritiers
ne laisseroient pas çà et là les tableaux précieux,
les statues antiques, les médailles, les bronzes,
les marbres, les bibliotheques; ils réuniroient dans
celle des maisons qu'ils voudroient conserver, ces
objets dont la collection accroît la valeur, et dont
la conservation exige des soins. S'ils n'avoient point
de local propre à placer convenablement ces chefs-
d'œuvre des arts, ils feroient sans doute ce qu'en
ce moment un riche particulier se permet de
faire (1); ils en feroient construire un. Les mêmes

(1) M. de la Borde fait bâtir dans son jardin une superbe galerie
pour y placer les tableaux de M. d'Orléans qu'il a achetés.

circonstances, les mêmes besoins commandent
la même mesure; et la nation doit, à cet égard, se
conduire comme un particulier, avec cette diffé-
rence que, travaillant pour la postérité, pour la
gloire et pour l'exemple des autres nations, cette
résolution doit être accompagnée dans l'exécution
de tout ce qui peut contribuer à fonder l'admiration des hommes éclairés dans tous les genres. Et
nous osons vous répondre que vous atteindrez ce
but, si vous réunissez dans cette vue ces deux idées,
*l'achèvement du Louvre*, et *la fondation du Museum*.

Nous insisterons encore sur la convenance de
cette mesure dans son rapport avec l'instruction
publique.

L'académie centrale d'éducation doit être en-
tourée de tout ce que les arts et les sciences ont
de plus grands modeles : c'est là que le jeune
homme, appelé par son instinct vers telle ou telle
partie des beaux arts, doit s'enflammer à la vue de
leurs chefs-d'œuvre, et des honneurs rendus aux
grands hommes dont ils sont l'ouvrage. Ainsi le
museum, ou, comme je l'ai déja désigné, le temple du génie, doit être à proximité de la classe

distinguée de nos éleves; et c'est pour la génération
naissante que nous devons sur-tout nous presser de
réunir tous ces beaux ouvrages, abandonnés ou en-
sevelis, par l'ignorance ou l'insouciance, en divers
lieux inconnus de la nation qui les a produits ou
payés, et dont ils font la gloire.

Cette coupable négligence a déja causé aux
arts des pertes irréparables. Nous avons appris
que des tableaux du Titien avoient été dérobés;
d'autres tableaux d'un grand prix ont souffert de
l'altération; et, dans ce moment même où je vous
parle, de plus grandes pertes vous menacent encore, si vous ne prenez une décision qui assure
une surveillance active, éclairée, assidue, à cette
portion de la richesse publique.

Qui le croiroit? et ce fait, je n'oserois vous l'at-
tester sans l'extrême confiance due aux artistes
dont je le tiens; il existe à Paris une galerie des antiques, qui contient, dans un désordre vraiment
affligeant, les plâtres ou modeles de tout ce que
l'Italie renferme de plus précieux (les statues dé-
cernées aux hommes célebres que la France a produits, mais que le gouvernement, qui n'en produisoit plus, étoit encore plus soigneux de cacher);

eh bien! ce dépôt, qui s'ouvre quelquefois à la voix de la faveur, à la curiosité oisive, est, par ce désordre même, impraticable aux artistes ; et plusieurs d'entre eux se sont transportés à Rome pour y chercher ce qu'ils auroient trouvé dans ce lieu, s'ils avoient pu connoître ce qu'il contient, et s'ils avoient joui de la liberté d'étudier les modeles dont il est l'avare trésor.

La France doit l'emporter un jour sur Rome antique ; mais, dans ce moment, elle peut n'avoir rien à envier à Rome moderne. Hâtons-nous de réunir nos richesses, de les offrir, dans un bel ordre, à l'admiration et à l'émulation de notre jeunesse ; dispensons-la d'aller chercher ailleurs des leçons et des exemples ; et ne l'exposons plus à perdre ses vertus pour acquérir des talents. Réunissons ensemble le lycée et l'académie ; appelons, des deux bouts du monde, les hommes curieux des travaux du savoir et du génie ; que Paris devienne l'Athenes moderne ; et que la capitale des abus, peuplée d'une race d'hommes régénérés par la liberté, devienne par vos soins la capitale des arts.

*Nota.* Voici quelques idées sur les moyens d'exécution.

L'établissement du muséum et l'achèvement du Louvre sont inséparables dans ce plan, et nos moyens d'exécution reposent sur cette hypothèse.

On propose d'élever la galerie du nord, qui manque au palais du Louvre, et de lui donner quarante-cinq pieds de largeur. Voici les dispositions qui facilitent l'exécution de ce projet.

Il étoit arrêté depuis long-temps qu'on transporteroit les tableaux et les statues dans la galerie actuelle, que la voûte en seroit percée, les fenêtres masquées.

L'expérience de cette année à convaincu le public que cette galerie étoit beaucoup trop étroite, et que les tableaux et autres objets n'y seroient point éclairés ni exposés au gré des connoisseurs et des artistes. On vous propose aujourd'hui d'y placer la bibliotheque nationale.

De cette disposition résulte l'acquisition d'un terrain précieux dans le quartier le plus vivant de Paris, terrain qu'on peut estimer.... oooo liv. A ce premier fonds disponible il convient d'ajouter ce qu'auroit coûté le travail projeté pour la galerie existante 1,500,000 liv. L'achevement du

Louvre devant offrir de nouvelles commodités,
et faire du palais des Tuileries le plus beau de
l'Europe, on a lieu d'espérer que le roi y contri-
buera.... ooo livres. La ville de Paris, dont le Louvre achevé fera l'ornement, ne peut se refuser à
concourir à cette dépense pour une somme quel-
conque.... ooo liv.

Enfin, nous pensons que ce plan, offert aux représentants de la nation, obtiendra leur approbation; et que, le considérant dans son rapport avec
l'éducation publique et son influence sur le per-
fectionnement des arts, le corps législatif voudra
prendre part à cette entreprise vraiment nationale.... ooo liv.

Telle est, Messieurs, l'idée que nous nous
sommes faite des premieres ressources sur lesquelles nous pouvions compter pour l'exécution.
En voici une seconde, offerte par les auteurs du
plan, que je joins au rapport, et qui, en se com-
binant avec la premiere, leve toutes les difficultés.

Une compagnie se présente et se charge de construire la galerie du nord du Louvre, à condi-
tion que la nation lui en livrera le terrain et lui
accordera les bâtiments et l'emplacement qu'oc-

cupe la bibliotheque nationale, laquelle sera transportée dans la galerie du midi ; établissement et transport dont elle se charge : plus la somme qui devoit être employée à disposer cette galerie pour recevoir les tableaux, et qu'elle lui laissera pendant un temps déterminé : la jouissance du raiz-de-chaussée et des entresols de cette galerie qu'elle s'engage à construire suivant les plans et devis qui vous seront présentés, et que vous ferez examiner par des commissaires du département et les gens de l'art.

Cette dernière proposition m'a paru marcher plus directement au but que toute autre ; c'est elle que j'appuie, et je vous prie de lui donner toute votre attention.

Je vais, dans mon projet d'arrêté, essayer de réunir à la prudence qui convient à votre caractere, et à la nature de vos fonctions, les dispositions qui peuvent contribuer à réaliser ce qui fait l'objet essentiel de ce rapport ; car, quelque importance que nous attachions à nos autres propositions, nul doute que ce ne soit à l'achevement du Louvre, à l'établissement du museum, que nous mettions le plus grand prix.

*Nota.* Le projet d'arrêté ci-après a été adopté, à l'unanimité.

Le conseil a décidé, de plus, que ce discours seroit imprimé, d'abord dans le procès-verbal, ensuite à part, et que les plans qui y étoient joints seroient gravés.

## ARRÊTÉ

Du département de Paris dans sa session du mois de novembre 1791, le 15 décembre, jour de sa clôture.

Le conseil du département de Paris, considérant l'importance du rapport qui vient de lui être fait, par un membre du troisieme bureau, sur les monuments publics, reconnoissant l'utilité des différents projets qui lui sont présentés, leur liaison avec l'esprit public ; leur convenance avec les divers objets auxquels ils sont appliqués ; reconnoissant le principe de la responsabilité d'opinions résultante de sa position, soit en ce qui concerne les soins qu'il doit à la conservation des monuments existants et des chefs-d'œuvre qu'ils renferment, soit en ce qu'on attend de lui pour l'érection des monuments propres à perpétuer le sou-

7

venir des principaux événements de la révolution, principe dont les conséquences se bornent
cependant à l'usage constitutionnel des mémoires et adresses auprès des pouvoirs supérieurs ;
considérant les diverses propositions renfermées
dans ce rapport, relativement à cette partie de
ses devoirs qui embrasse les encouragements à
accorder aux arts, autorise et même recommande
au directoire toutes les démarches nécessaires
pour atteindre ce but, essentiellement lié à l'exécution des projets présentés par le rapporteur. Et
voulant aider le directoire dans cette partie de
ses fonctions, arrête :

Art. I^{ER}. Il sera nommé quatre commissaires,
dont deux choisis entre les membres du directoire, et deux entre les autres membres du conseil,
lesquels seront chargés d'examiner le rapport fait
sur les monuments publics par un membre du
troisieme bureau; de proposer au directoire tout
ce qu'ils jugeront convenable pour son exécution
totale ou partielle, à la charge par eux de se con-
former à ce qui est prescrit par la loi.

Art. II. Cette commission devra s'occuper encore du soin de classer les différents édifices que

Paris renferme, suivant leurs destinations diverses; d'en estimer l'entretien annuel; enfin de préparer, par cette partie essentielle de son travail, la classification des dépenses qui doivent demeurer à la charge de la commune de Paris, du département ou de la nation.

ART. III. Les vues présentées sur la nature des monuments publics qui sont l'objet de cet arrêté, étant d'un intérêt général et national, ce travail du rapporteur, et les plans et devis qui y sont annexés, seront adressés à l'assemblée nationale et au roi.

ART. IV. Le conseil, pour accélérer, en ce qui dépend de lui, l'époque où le corps législatif, lorsqu'il siégera à Paris, tiendra ses séances dans un lieu digne de la majesté du peuple qu'il représente, arrête que le directoire, et les commissaires nommés en vertu de l'article I<sup>ER</sup>, feront incessamment connoître à l'assemblée nationale que l'édifice destiné à devenir l'église paroissiale de la Madeleine pourroit, sans beaucoup de frais, être changé en un palais national; que les vues d'une sage économie, la position de l'édifice, la magnificence de son architecture et l'état des travaux semblent se réunir en faveur de ce projet.

# DISCOURS

Prononcé par les commissaires du département de
Paris pour les monuments publics, à l'assemblée
nationale, le 12 février 1792.

MESSIEURS,

LORSQUE la voix du peuple, puissante comme la
nécessité, appela l'assemblée constituante et le
roi dans cette capitale, le pressant besoin du moment, l'ascendant des circonstances se firent seuls
entendre dans le choix d'un lieu propre à les recevoir. Le caractere auguste dont l'amour et la
confiance de la nation, fondant sa liberté, environ-
noient ses premiers représentants, changeoit en
un temple tous les lieux qu'ils avoient habités; ainsi
ce gymnase obscur, ce jeu de paume où l'assemblée nationale prononça le premier serment de
vivre libre ou mourir, et s'agrandit encore à nos
yeux de toute la force d'opinion qui accompagne
le courage et la vertu, fut à l'instant et sera pour
jamais un lieu sacré.

Mais les scenes révolutionnaires de ce grand drame ont eu leur dénouement, la constitution. C'est à cette constitution, dont les bases sont immuables, à ce nouveau contrat social, qui doit embrasser les siecles dans sa durée, que nous venons vous demander de bâtir un temple.

Le département de Paris, considérant les monuments publics sous leurs rapports moraux et politiques, a pensé que ce seroit vous offrir un moyen d'accélérer la confiance et d'affermir les espérances de tous dans les loix nouvelles, que de vous proposer d'élever un palais à la représentation nationale. Il a pensé que tout ce qui tient à cette institution protectrice et conservatrice de nos droits devoit porter l'empreinte de la dignité et de la souveraineté de la nation, et peut-être encore de cette volonté ferme qui, dans ce grand intérêt, ne sauroit changer.

Et vous en conviendrez, Messieurs, ces différents caracteres ne dépendent pas seulement de la régularité et de la permanence de vos décisions et de votre dévouement aux principes de la constitution, mais aussi de la nature et de la stabilité des établissements publics qui seront fondés pour le nouvel ordre des choses. Cependant en est-il aucun qui soit en un plus grand contraste avec ces idées que l'état précaire de votre propre établissement dans cette salle, où semblent se presser à l'envi tous les genres d'inconvénients et toutes les natures d'obstacles à l'activité et à la tranquillité des délibérations?

La valeur des plus superbes monuments approche à peine du prix de ce local, où l'on ne trouve de grandeur que dans l'état de dépense de son entretien.

Voici, Messieurs, la notice abrégée de ce que coûte à la nation l'établissement actuel du corps législatif et de ses accessoires :

Terrain en superficie, environ 14,060 toises.

Évaluées, en y comprenant les bâtiments et d'après la valeur des terrains environnants 1,500 liv.

Ce qui donne au total . . . . 21,090,000 liv.

Intérêt annuel à la charge de la nation, 1,054,500 l.

Si l'on ajoute à cette somme les dépenses indispensables et renaissantes qui résultent de l'étendue des bâtiments qu'occupent les comités et les bureaux de l'assemblée, et les droits, les contributions que la nation percevroit sur cet immense terrain s'il étoit mis en vente, on peut, sans exagération, affirmer que l'établissement actuel de l'assemblée nationale coûte chaque année près de 2,000,000 au trésor public. La commission s'engage à fournir la preuve de ces assertions à vos comités.

Le conseil du département de Paris, dans sa dernière session, frappé de l'énormité de cette dépense et des inconvénients multipliés de votre position, nous a spécialement chargés de lui présenter les moyens d'y remédier. Nous n'en avons trouvé d'autre que dans la construction d'un monument national particulier, digne de la majesté du peuple dont vous êtes les représentants, et dans lequel l'assemblée trouveroit réuni tout ce qui lui est nécessaire lorsque le corps législatif tient ses séances à Paris.

Plusieurs plans ont été soumis à notre examen par des artistes également distingués; mais il n'en est aucun qui nous ait paru réunir plus d'avantages que celui que nous avons l'honneur de remettre sous vos yeux. Il faisoit partie d'un rapport sur les monuments publics, lu au conseil du département, et que, par son arrêté du 15 décembre dernier, il a jugé digne d'être rendu public et présenté à l'assemblée nationale et au roi.

Par ce projet vous occuperez un terrain que sa situation actuelle rend, pour ainsi dire, de nulle valeur ; car que pourroit-on faire d'une église à moitié construite?

Vous porterez la vie dans un des plus beaux quartiers de Paris, que l'abandon des travaux de cet édifice et l'émigration attaquent doublement; vous contribuerez à l'achevement d'un des plus beaux morceaux d'architecture qu'il y ait en Europe. Les représentants d'une nation dont le despotisme même n'a pu éteindre le génie et le goût ne se refuseront point à donner cette nouvelle preuve de leur protection et de leur amour éclairé pour les arts; et les ruines, neuves encore, du temple qu'on élevoit à cette femme célebre par sa beauté, ses fautes et ses regrets, sainte Madeleine, se convertiront, à votre voix, en un temple à la patrie; temple divin, sans doute, puisqu'on s'y occupera du bonheur des hommes.

Vous venez de voir ce que coûte votre établissement.

Pour vous placer dans le nouveau local que

nous vous proposons, de manière à ce que le corps législatif puisse à tout moment passer de son travail général aux travaux partiels des comités sans perte de temps, que rien de tout ce qui peut lui être nécessaire et même agréable ne lui manque, une somme de trois à quatre millions, appliquée à ce que nous trouvons déja fait à la Madeleine, pourra suffire. Nous devons vous observer qu'une somme à-peu-près égale seroit nécessaire pour achever cet édifice comme église.

Chargé de cette exécution, le département de Paris compteroit, à cet égard, de clerc à maître avec la nation. Il a cru devoir vous proposer le moyen de faire rentrer le plutôt possible au domaine national le riche immeuble qu'occupe à ce moment l'assemblée. Il a cru qu'il étoit aussi de son devoir de chercher à réunir les moyens d'économie aux convenances que lui commandoit la dignité des représentants de la nation. Il a cru rencontrer ces divers avantages dans le projet contenu dans le rapport sur les monuments publics, dont il a ordonné l'impression, et dont nous avons détaché cette partie, afin d'accélérer votre

8

détermination sur une chose qui se lie par plusieurs points aux plus grands intérêts publics.

Si vous prenez ce projet en considération, nous serons aux ordres du comité auquel vous en renverrez l'examen. Nous vous prierons d'observer que ce projet intéresse essentiellement les arts, et s'unit, par cette partie, aux progrès de l'instruction publique. C'est dans le rapport que cet examen mettra vos comités à portée de vous faire, que vous acheverez de reconnoître la nécessité de votre translation dans une salle particuliere.

Peut-être trouverez-vous quelque grandeur à poser les fondements d'un édifice national et constitutionnel dans l'instant même où vous déclarerez la guerre aux ennemis de la constitution: et cette preuve de sécurité, dans l'avenir, ne sera point indifférente au succès de nos armes; car la confiance et le courage sont les garants naturels de la victoire.

Le département de Paris espere que vous n'appercevrez, dans la démarche qu'il s'est permise aujourd'hui, que le desir de faire à la fois une chose convenable aux intérêts de la nation et à la dignité de ses représentants, qu'une preuve de son zele à remplir ses devoirs, et de son respect pour vous.

A Paris, ce 12 février 1792.

BROUSSE, DUMONT, TALLEYRAND, KERSAINT, membres du département et commissaires pour les monuments publics.

# PREMIER MÉMOIRE.

## Description et projet des Prytanées pour la publication des loix de l'État.

LE besoin indispensable d'un monument de peu d'étendue, destiné à recevoir, dans chaque section de la capitale, et même dans toutes les portions de l'empire, les loix et les décisions émanées de chacun des pouvoirs constitués, besoin clairement démontré dans le mémoire du rapporteur, nous a conduits à la composition de ces différents projets, pl. 1, 2, 3 et 4, applicables aux différents emplacements.

Le plus ou le moins d'étendue du local feront préférer les uns ou les autres; mais, dans tous, les cinq pouvoirs seront distincts, et auront une face entiere consacrée aux loix ou arrêtés émanés de chacun d'eux. Tous seront également terminés par l'emblême de l'union et de la liberté, figurées par un faisceau surmonté du bonnet phrygien.

La forme du pentagone étoit donc donnée pour le plan; quant à celle des élévations, elle est à l'instar du monument connu sous le nom de *la Tour des Vents*, décrite par Vitruve, et dont les restes subsistent encore à Athenes.

Nous avons pensé que son style simple et grave conviendroit aux monuments destinés à recevoir les loix de l'état. Cette forme particuliere et leur parfaite uniformité dans tous les lieux où ils seroient élevés, jointes à l'emblême qui les couronne, les feroient reconnoître facilement, et empêcheroient qu'ils ne fussent confondus avec les autres bâtiments, comme les fontaines, les corps-de-garde, les chapelles, etc.

Dans le projet d'une étendue plus considérable, pl. 3, les portiques ajoutés à la masse ne doivent point être considérés comme objets de décoration, mais seulement comme un abri commandé par la nécessité, pour mettre à couvert le signe ou l'expression de la loi, ainsi que le citoyen qui vient en prendre connoissance.

Dans les villages ou les bourgs peu considérables, on pourroit employer le plus petit projet, pl. 1ᵉʳ, dont chacun des pans a la forme d'une table arrondie par le haut, dans le style de celles où étoit gravée la loi de Moïse.

On pourroit suppléer au peu de surface qu'ils présentent en faisant disposer au même usage l'intérieur du porche de l'église ou de la municipalité du lieu; mais observant sur-tout d'en bannir toute publication ou affiches étrangeres aux loix, qui, par un mélange impolitique, nuiroient au respect qui leur est dû, et qu'on veut leur imprimer en leur consacrant des monuments.

L'emplacement de la Bastille appelle un de ces monuments. Le buste de Mirabeau doit décorer son intérieur; sa masse exigeoit donc un développement plus considérable et une décoration plus prononcée, afin de répondre à l'étendue de la place et à sa célébrité. Là, chaque citoyen, en allant reconnoître le lieu où fut l'antre du despotisme, en visitant l'asyle sacré des loix, bâti sur ses ruines, doit, à la vue du Démosthene françois, prendre l'idée d'un temple à la liberté. Nous avons donc revêtu d'un péristyle circulaire en colonnes la forme du monument, au sommet duquel s'éleve un obélisque. L'ensemble seroit supporté par les débris d'une des tours de la Bastille, où l'on découvriroit encore les restes d'un cachot.

Ce soubassement rustique contrasteroit avec les murs lisses qui, au-dessus, recevroient les loix conservatrices de la liberté. (Voyez pl. 4.)

MOLINOS.
LEGRAND.

# SECOND MÉMOIRE.

Projet et description du Palais national.

Pour faire, avec dignité, l'application du nouveau bâtiment de la Madeleine au palais national, il ne faut que suivre le grand caractere imprimé par l'artiste à son architecture extérieure. Les changements nécessaires dans la construction se réduisent à la suppression des quatre piles à jour destinées à soutenir le dôme. Cet emplacement, ainsi dégagé, reçoit sans aucun effort la salle des séances de l'assemblée. Placée au centre du monument, elle se trouve environnée des portiques et de toutes les magnifiques salles qui sont utiles à sa noble représentation, et qui doivent accélérer son travail en le facilitant.

Les citoyens parviendront isolément aux places qui leur sont destinées, sans troubler l'ordre et la tranquillité nécessaires aux législateurs ; ou, réunis en corps et formant des grouppes nombreux, ils seront introduits dans son auguste sanctuaire, avec la majesté qui convient au peuple.

Les représentants de la nation, placés sur les gradins circulaires de la salle, seront presque tous à une égale distance du président de l'assemblée ; tous les regards se dirigeront naturellement vers lui; et l'orateur pourra, de la tribune, appercevoir tous ses collegues.

Les places destinées au peuple seront spacieuses et parfaitement distinctes de celles des législateurs. L'architecture qui les soutiendra et les spectateurs feront le seul ornement de la salle. Que pourroit-on ajouter à cet aspect imposant?

Une voûte immense doit couronner ce lieu, et le rendre et salubre et favorable à la voix. Mais, pour appeler la France entiere dans cette enceinte, pour que tous les points de cet empire soient présents sans cesse à la pensée des législateurs, et qu'ils maintiennent cette union, ce parfait équilibre qui font sa force et sa puissance, les bannieres des quatre-vingt-quatre départements seront déployées et suspendues avec ordre à cette voûte majestueuse, qu'ils embelliront de leurs couleurs.

On pourroit craindre que les nombreux accessoires indispensables au service de l'assemblée nationale ne nuisissent à cette majesté d'ensemble que nous annonçons dans l'édifice.

L'idée qu'on peut prendre, à la vérité, par cette informe accumulation de bâtiments dont la nécessité urgente a fait composer, provisoirement et sans pouvoir suivre aucun plan, les dépendances très étendues de la salle actuelle de l'assemblée nationale,

pourroit peut-être inspirer cette crainte : elle dispa-
roîtra sans doute à la vue du parti proposé pour la
réunion de tous ces accessoires sous une forme grande
et simple.

Que l'artiste recommandable (1) qui nous offre le
portique embelli du Panthéon de Rome dans la composition de sa façade veuille achever son ouvrage,
et qu'il enveloppe, sous sa forme circulaire, tous les
détails des bureaux et autres bâtiments utiles à l'assemblée; on voit alors la merveille de Rome, s'éle-
vant au milieu de nous, étonner de sa masse agran-
die les admirateurs mêmes de ce monument antique.

Un jardin, suffisamment grand pour servir de promenoir aux députés et pour les délasser par quelques instants de marche d'une tension d'esprit lon-
gue et pénible, se trouvera compris dans les murs de
cette enceinte. Les communications seront établies
entre les divers corps de bâtiments par des galeries
couvertes. Cette disposition rend pour ces dépendances toute espece de décoration inutile et superflue.

---

(1) M. Couture, architecte de la Madeleine, paroissant desirer
que ce monument conservât sa premiere destination, a exigé que
nous fissions le projet d'assemblée nationale demandé par MM.
les commissaires du département dans ce local; et ce n'est que d'a-
près ses invitations réitérées que nous avons proposé ce projet, en
nous servant des constructions actuelles, dont il a bien voulu nous
communiquer les plans.

9

La place projetée au devant de ce monument ajou-
teroit à la beauté de cette position unique. Elle est
d'ailleurs nécessaire au développement des troupes
dans les marches et les fêtes militaires, soit que nos
légions se rassemblent au devant du palais national,
soit qu'elles s'y rendent après les triomphes et les
différentes cérémonies qu'elles embellissent de leur
brillant appareil. (Voyez, pl. 5, le plan du palais national [1], où des teintes différentes distinguent les constructions actuelles d'avec celles projetées, et où des
lettres de renvoi indiquent la destination des différentes pieces; pl. 6, l'élévation perspective; pl. 7, le
plan général et la coupe sur la largeur; pl. 8, la coupe
sur la longueur).

MOLINOS. 1791.

LEGRAND.

---

(1) Nous croyons devoir observer que la publicité donnée à ce
projet par le rapport fait au département de Paris a engagé plusieurs artistes à travailler sur le même objet. Nous ne doutons
point que leur travail qu'ils ont eu le temps d'étudier ne présente
tous les détails intéressants qui manquent à nos esquisses, et que
l'étude pourroit également leur rendre en cas d'adoption.

Nous avons sur-tout été frappés de la très grande conformité
d'un de ces projets avec la forme que nous avons adoptée pour
la salle d'assemblée et sa décoration intérieure : l'auteur après
avoir connu la marche de notre plan ayant rejeté sa premiere idée,
très différente, pour adopter la notre; nous établissons par cette
observation d'une maniere bien précise le droit de priorité qui
nous est incontestable.

# TROISIEME MÉMOIRE.

## Projet et description du Cirque national.

Les dimensions du cirque national sont plus grandes que celles que les Romains avoient assignées à leur *cirque maxime* (1). Craindrions-nous de les égaler en magnificence? Ce n'est point la futilité des ornements que l'on doit entendre par ce mot, mais la grandeur des formes, la noblesse de l'ordonnance, la solidité des matieres. Ce monument immense doit être éternel.

Le granit seul peut imprimer ce grand caractere et donner cet avantage unique. On doit donc employer cette matiere pour toutes les parties de cet édifice exposées à l'air. Les massifs de dessous se construiront, suivant la méthode des anciens, avec nos matériaux ordinaires baignés dans leur mortier.

Les gradins destinés à asseoir les spectateurs doivent se composer de blocs les plus grands possibles, afin de résister au temps par leur masse seule (2).

---

(1) Les dimensions du *circus maximus*, suivant Pline, étoient de 1,983 pieds de longueur sur 871 de largeur de nos mesures.

Celles du cirque national sont de 2,694 pieds de longueur sur 1,032 de largeur.

(2) On les tireroit des carrieres de Normandie, d'où ils arriveroient par la Seine sur des bateaux ou radeaux jusqu'au pied du cirque.

Une galerie couverte doit les couronner, et enceindre cet espace en offrant au spectateur un abri contre la pluie ou l'excessive ardeur du soleil.

Les mesures et la forme actuellement existantes seroient donc à-peu-près conservées pour le plan; mais on doit, à l'imitation de tous les cirques des anciens, terminer quarrément l'extrémité du côté de la riviere. La position semble l'exiger : elle offre l'avantage de présenter à la vue le superbe amphithéâtre de la côte de Passy, située de l'autre côté de la riviere, et qui s'embelliroit pour mériter l'honneur de dominer sur le champ de la fédération.

De cette maniere l'entrée du cirque se trouveroit ouverte , et annoncée plus grandement que par la présence d'un ou de plusieurs arcs de triomphe, que l'on est naturellement porté à placer à cette extrémité, ainsi qu'on l'avoit fait pour la fédération.

Selon nous, il seroit infiniment plus noble et plus convenable de placer à cette entrée quatre piédestaux coûronnés d'une figure colossale et de trophées, à l'instar de ceux connus à Rome sous le nom de *Marius*. Ces piédestaux formeroient trois immenses passages, donnant sur une place ouverte en demi-cercle , à la circonférence de laquelle on placeroit les canons pour les fêtes militaires. Cette place conduiroit au pont, dont l'entrée seroit comme défendue par deux lions colossaux. (Voyez pl. 9.)

Les colosses étoient fréquemment employés par les

anciens; et nous n'avons pas encore osé les imiter en ce genre.

Ils étoient convaincus que ce qui frappoit les sens par de grandes images inspiroit aussi des idées plus grandes, et donnoit sur-tout du peuple qui osoit ainsi surpasser la nature l'idée d'un peuple au-dessus des autres.

Que la construction du cirque national soit donc l'époque où nous aurons adopté ce système des anciens propre à nous élever au niveau de la liberté; et, puisque l'ensemble de ce monument doit surpasser en grandeur ce qu'ont produit les Romains, que tous les détails soient dignes de cet ensemble.

C'est pour suivre cette idée que nous pensons qu'on doit élever l'autel de la patrie infiniment plus qu'il ne l'est. Qu'il couronne le sommet d'une pyramide de gradins, et qu'il s'approche majestueusement de la voûte des cieux sous laquelle il est placé. Qu'aucun accessoire ne détruise à cette hauteur l'effet de ce monument sacré, seul au monde. Qu'au bas de la pyramide des gardiens éprouvés partagent le respect et l'admiration qu'inspirera cet autel. On y placera donc les statues des grands hommes; leur génie veillera sur l'autel de la liberté.

Un projet de cette importance mérite toute l'attention des ordonnateurs et l'étude la plus réfléchie de la part des artistes qui en offrent la composition. Il

est impossible que des dessins suffisent pour présenter des résultats satisfaisants sur ces études; il faut
d'ailleurs un point de ralliement pour réunir les observations du public éclairé [1]. On propose au département d'exécuter, d'après son ordre, un modele assez
grand pour que toutes les parties soient distinctes, et
tel, qu'on puisse néanmoins embrasser l'ensemble,
sauf à faire, pour les détails, des développements sur
une échelle plus grande.

Ce modele, après avoir été présenté au département et à l'assemblée nationale, seroit exposé au public; et les artistes et autres citoyens éclairés seroient
invités à faire, par écrit, leurs observations. On les
recueilleroit avec soin. Celles qui présenteroient des
vues utiles seroient discutées, adoptées, et le modele
rectifié suivant ces vues. On publieroit, dans un mémoire, les motifs qui auroient fait accueillir ou rejeter
ces observations; et le monument deviendroit ainsi
pour l'exécution le résultat d'un travail commun à
tous les artistes.

LEGRAND.
MOLINOS. 1791.

---

[1] Ce projet, communiqué à Mirabeau, en fut très accueilli,
(depuis il a été connu de quelques artistes.) Cet homme étonnant,
dont le génie ne trouvoit jamais rien d'assez vaste, s'étendit ensuite avec enthousiasme sur une idée à lui dont il étoit depuis long-
temps *tourmenté*, disoit-il, et nous chargea de faire tout le travail de
son immense conception, que nous pourrons développer un jour.

# QUATRIEME MÉMOIRE.

Projet sur le *Museum*, ou rassemblement de nos chefs-d'œuvre en peinture, sculpture, etc. etc.

On a pu juger par l'exposition qui s'est faite cette année dans la galerie des plans, désignée depuis long-temps pour le *Museum*, combien les tableaux y sont placés à un jour défavorable. Cette expérience, très heureusement faite avant une dépense considérable, doit donc faire abandonner l'idée de se servir de cette galerie pour cet usage, sur-tout en conservant les croi-sées, qui éclairent aussi mal la peinture.

Sans doute il est possible de boucher ces croisées et d'ouvrir de nouveaux jours dans la voûte actuel-lement existante; mais, avant de faire dans cette ga-lerie ces dispositions coûteuses (la dépense en étoit évaluée à 1,500,000 liv.), un autre projet se présente, c'est d'y placer, sans aucun travail, et, pour ainsi dire, sans aucuns frais, la bibliotheque du roi. Le trans-port seul des livres et des armoires seroit à faire; leurs matériaux y seroient employés sous une forme simple et réguliere; on n'auroit à ébranler par aucun perce-ment ni la voûte ni les murs déja fatigués. Les croi-sées du côté de la riviere resteroient ce qu'elles sont;

celles, du côté opposé seroient cachées par les armoires, et chacune de leurs embrasures pourroit devenir un petit cabinet destiné à l'étude des savants.

L'espece de salon qui se trouve placé au milieu
de cette galerie et au-dessus du guichet recevroit les
deux globes *céleste* et *terrestre*; et l'on pourroit, dans
le cours de l'année, jouir de la magnificence de ce
nouveau local.

Personne ne doute que les bâtiments et les terrains
de la bibliotheque actuelle ne puissent se vendre
promptement et très avantageusement, vu leur position. On les estime *environ deux millions*, à cause
de la possibilité de se servir des bâtiments pour un
objet de spéculation, en y faisant seulement les changements exigés par le nouvel emploi.

Ces fonds, joints à ceux que la nation voudra sans
doute assigner à l'achevement du Louvre et de son
ensemble, faciliteront la construction de l'autre galerie, qui doit unir ce monument aux Tuileries du
côté de la rue S.-Honoré; et réaliseront enfin le projet du cavalier Bernin et de Claude Perrault; projet
que tous les artistes ont adopté successivement, et
qu'ils ont reproduit sous différentes formes.

Cette galerie, étant bâtie à neuf, pourra prendre la
largeur convenable à un musée, et qui manque dans
celle actuellement existante. Nous fixons cette largeur
à 45 pieds dans œuvre environ, au lieu de 29 qu'a

celle où l'on projette la bibliothèque : on pratiqueroit, en construisant la voûte, les jours d'en haut nécessaires et seuls convenables à l'exposition des tableaux.

Le raiz-de-chaussée contiendroit un bâtiment double; et, vu sa grande largeur, il offriroit au public l'a-
vantage d'une galerie couverte pour communiquer du
Louvre aux Tuileries. Cette galerie feroit suite et le
complément de celle projetée dans tout le pourtour
intérieur des bâtiments du Louvre, suivant la distribution appliquée au projet de l'ancien évêque d'Autun sur l'instruction publique, et dont nous joignons
ici les plans, pl. 11 et 12.

Si le trésor public ne pouvoit joindre aucuns fonds
à ceux que nous avons indiqués plus haut, on pourroit y suppléer par une spéculation simple dont voici
la substance.

On pratiqueroit toujours la galerie couverte, et l'on
auroit à louer un double rang de boutiques adossées avec
des logements au-dessus; les entrées seroient d'un côté
par la galerie, de l'autre par la nouvelle rue qui isoleroit
cette aile de bâtiment du côté de la rue S.-Honoré. En
concédant à une compagnie pour un certain nombre
d'années le produit de cette location, dont le terrain lui
seroit livré, à la charge par elle de bâtir suivant les plans
et devis arrêtés, on parviendroit à couvrir la plus grande partie de la dépense de cette construction, dont la

propriété resteroît à la nation à la fin du bail sans lui avoir presque rien coûté. Voyez, pl. 10, un arrachement du plan et de l'élévation, ainsi qu'une idée de la coupe sur la largeur de cette galerie.

Enfin tous les bâtiments actuellement existants entre le Louvre et les Tuileries seroient successivement démolis (1), et leurs matériaux vendus et employés au profit des nouvelles constructions.

On sent que l'évaluation de cette dépense ne peut être que le résultat d'un travail réfléchi. Les artistes qui présentent cet apperçu s'y livreroient dans le cas où le département voudroit donner à ce projet une attention suivie.

LEGRAND.

MOLINOS. 1791.

---

(1) Sauf les additions nécessaires au palais des Tuileries, pour ses dépendances, qu'il faudroit établir complètement et sous des masses régulieres du côté du Carrousel.

# CINQUIEME ET DERNIER MÉMOIRE.

Projet et description sur l'achevement du Louvre.

——————

Tout le monde convient de la nécessité d'achever le Louvre ; mais il s'en faut que l'on soit également d'accord sur le parti à prendre en décoration pour cet achevement. On peut se rappeler les discussions infinies qui ont eu lieu parmi les artistes de l'académie à l'occasion du troisieme ordre, qui fut enfin adopté pour remplacer l'attique au-dessus du second ordre.

Sans doute il n'est pas sans exemple qu'après de longues discussions on finisse par préférer le moindre parti ; mais faut-il renouveler ces disputes interminables ? faut-il démolir ce qu'on a construit à grands frais ? faut-il sur-tout reculer par ce motif un achevement tant desiré ? Nous sommes éloignés de le penser ; nous croyons, au contraire, que, par économie de temps et d'argent, par convenance même, et sans choquer les gens de goût, on peut conserver presque tout ce qui existe en décoration dans l'intérieur de la cour du Louvre, et allier, sans discordance, l'architecture du regne de Louis XV avec celle des Henri et celle de Louis XIV. Ces différentes architectures marque-

ront sensiblement les époques de l'art dans ces siecles
différents. Il est d'ailleurs impossible de satisfaire les
amateurs passionnés de la symmétrie dans l'ordonnance
des quatre façades de l'intérieur de cette cour. On ne
démoliroit pas, pour leur complaire, l'avant-corps de
la belle façade adossée à la place Fromenteau, où l'on
admire les cariatides de Sarrasin ; on se feroit de même
un scrupule de toucher à la sculpture du célebre Jean
Goujon et autres, qui embellirent le reste de cette
face. Il est donc de la sagesse des ordonnateurs, de
l'intérêt de la nation et de la gloire des arts, de laisser subsister cette partie telle qu'elle est sans aucun
changement.

Il s'en faut que la façade opposée, et conséquem-
ment adossée à la colonnade, soit aussi belle, quoi-
que le troisieme ordre ait remplacé l'attique dans
toute son étendue : son effet monotone ne prouve pas
en faveur de ce système ; mais enfin elle existe, elle
est presque totalement achevée ; une seule partie
reste à réparer et à couvrir. On doit donc encore conserver cette façade telle qu'elle est, sauf à faire dis-
paroître tout ce qu'on pourra de sa sculpture maigre
et seche.

L'avant-corps du milieu de la face opposée à la riviere vient d'être rebâti. On peut donc laisser subsister sa décoration formée par le troisieme ordre,
mais pour l'avant-corps seulement, et l'attique cou-

ronnera le reste de cette façade des deux côtés de cet avant-corps. C'est à-peu-près la disposition actuelle ; ainsi nulle difficulté.

Qu'il en soit fait autant dans la face vis-à-vis, adossée à la rue du Coq, en démolissant une petite portion du troisième ordre ; ces deux façades deviendront alors parfaitement régulieres, et elles auront une certaine liaison avec les deux autres qu'elles unissent.

Si ce parti n'est pas le seul moyen de terminer enfin l'ensemble de cette décoration sans opérer trop durement et d'une maniere choquante la rencontre de deux architectures très différentes, et en conciliant d'ailleurs les vues d'économie et d'accélération qui sont également indispensables à l'exécution d'un tel projet, telles sont au moins les vues que nous croyons devoir présenter au département de Paris, pour appeler à lui les lumieres des plus habiles artistes.

On sait d'ailleurs que, dans les projets de restauration, on doit souffrir des défauts pour produire de grands effets, et pour conserver sur-tout de grandes beautés.

Il seroit absurde, sans doute, de proposer aucuns changements à la colonnade du Louvre ; les projets même les mieux conçus viendroient tous échouer contre sa haute réputation. Cette façade est entièrement achevée à quelques parties de sculpture près ;

on n'aura donc aucune observation à présenter à cet égard. Les très grandes pieces situées derriere cette colonnade peuvent être éclairées sur la cour, et dispensent de convertir en croisées une partie des niches du péristyle.

Au reste, si quelque distribution importante exigeoit ce changement, on pourroit, sans nuire à l'effet de la colonnade et en observant une sorte de symmétrie, ouvrir celles qui deviendroient utiles.

La façade du Louvre sur la place Fromenteau, moins connue, moins vantée du public, mais non moins estimée des artistes, mérite les mêmes égards, le même respect que le péristyle du Louvre. Il faut dégager son aspect sans altérer son caractere. Son architecture imposante, simple et grande, est celle des plus beaux palais d'Italie; elle nous retrace le style sévere de l'architecture antique ; monument d'autant plus précieux, que ce style est plus rare dans nos édifices.

L'architecture extérieure de la galerie des plans étant composée dans sa longueur de genres différents et très opposés, nous rapprocherons, s'il se peut, du style simple de cette façade la décoration de celle que nous proposons de construire pour y placer le *museum.* Voyez pl. 10.

La disposition de l'intérieur du Louvre, à laquelle il n'est point fait de changements considérables, est appliquée au plan d'instruction publique de l'ancien évêque d'Autun, et suffit à placer convenablement ses différents départements, entre lesquels on a pratiqué une communication facile par une galerie ou corridor à chaque étage,

Celle du raiz-de-chaussée offriroit au public un passage à couvert dans tout le pourtour de ce monument, et se joindroit à la grande galerie, pratiquée sous le *museum*, dans l'aîle projetée pour réunir le Louvre avec les Tuileries du côté de la rue S.-Honoré.

Des escaliers spacieux, placés aux deux côtés de chaque avant-corps dans l'intérieur du Louvre, et dont plusieurs existent déja, faciliteroient le service de l'institut national. Les principaux amphithéâtres occuperoient ces mêmes avant-corps, et un grand nombre de salles à droite et à gauche de chacun fourniroient à tous les besoins d'enseignement ou de collection pour les sciences et les arts.

Tout le corps du péristyle seroit employé par des salles immenses, servant de promenoir au public ou de point de réunion dans des occasions extraordinaires, comme expériences en grand, theses publiques, réceptions d'étrangers, nominations à des chaires, expositions de modeles ou de machines, etc. Voyez pl. 11.

On a indiqué sur les plans, par des lettres de renvoi, la destination de chaque partie, sauf les observations des chefs des différentes branches, qui donneroient, d'une maniere précise, les détails de leur distribution:

L'académie de peinture et ses accessoires resteroient dans le local qu'elle occupe jusqu'à ce que le corps de bâtiment qui lui est destiné dans la partie opposée et à portée du nouveau *museum* soit prêt à la recevoir.

La salle des antiques seroit conservée dans son local et mise dans un meilleur ordre. Une salle pareille seroit disposée pour recevoir des fragments et autres monuments de l'antiquité.

Legrand. 1791.<br>Molinos.

Pl. 1.

PRITANÉE DE LA 1ère CLASSE

Toises

Molinos, Le Grand. 1791                    Poulleau sculp.

Pl. II.

PRITANÉE DE LA 2 CLASSE.

1   2   3   *Toises*

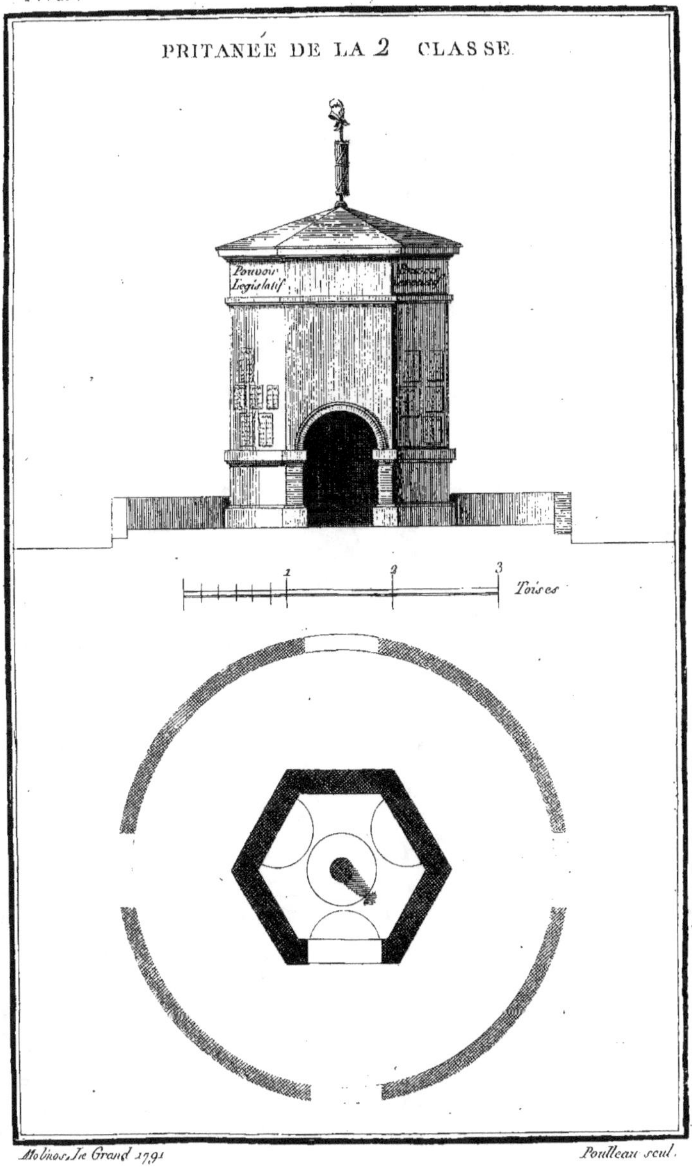

*Molinos, le Grand 1791.*                    *Poulleau sculp.*

*Pl. III.*

PRITANÉE DE LA 3.ᶜ CLASSE

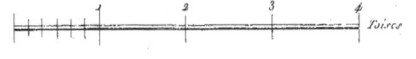

1    2    3    4  *Toises*

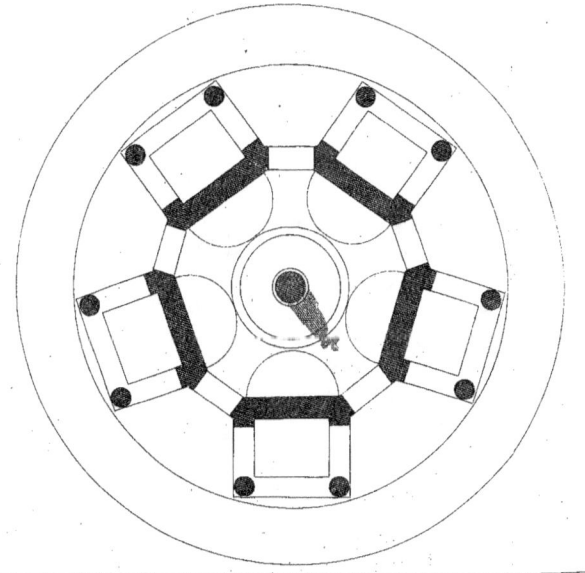

*Molinos, Le Grand 1791*                                    *Poulleau sculp.*

PROJET DU PRITANEE À ELEVER SUR LES RUINES DE LA BASTILLE.

PLAN

A Buste de Mirabeau

Pl. IV.

Pl. V.

Projet d'une Salle pour
dans les Nouvelles
à la Madeleine de

l'Assembleé Nationale
Constructions destinées
la Ville l'Evêque

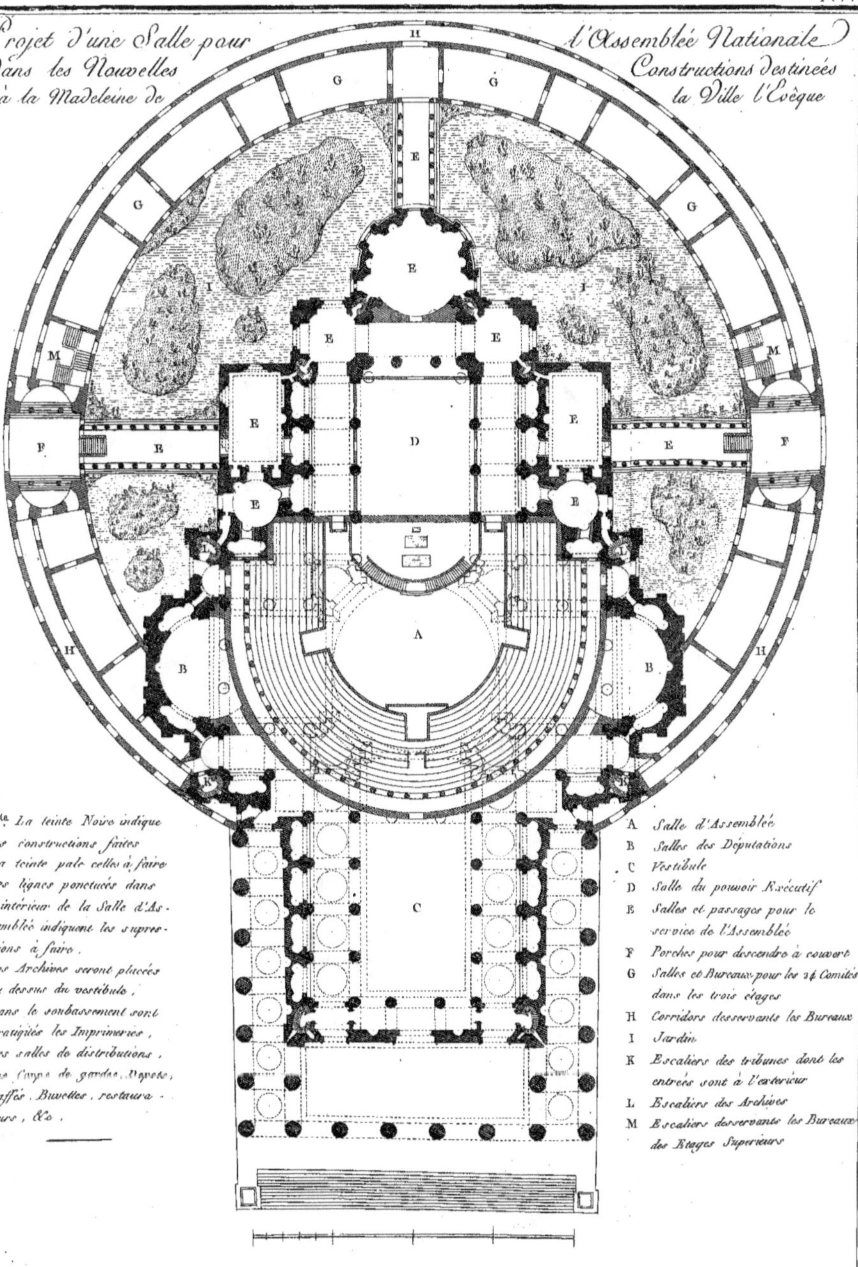

N<sup>ta</sup>. La teinte Noire indique
les constructions faites.
La teinte pale celles à faire.
Les lignes ponctuées dans
l'interieur de la Salle d'Assemblée indiquent les supres-
sions à faire.
Les Archives seront placées
au dessus du vestibule.
Dans le soubassement sont
pratiquées les Imprimeries,
Les salles de distributions,
Les Corps de gardes, Depots,
Caffés, Buvettes, restaura-
teurs, &c.

A  Salle d'Assemblée
B  Salles des Députations
C  Vestibule
D  Salle du pouvoir Executif
E  Salles et passages pour le
   service de l'Assembleé
F  Porches pour descendre à couvert
G  Salles et Bureaux pour les 24 Comités
   dans les trois étages
H  Corridors desservants les Bureaux
I  Jardin
K  Escaliers des tribunes dont les
   entrées sont à l'exterieur
L  Escaliers des Archives
M  Escaliers desservants les Bureaux
   des Etages Superieurs

Molinos, J. G. Legrand Arch. f. 1791.

Le Grand, Architecte 1791                                                    Pinkeen sculp.

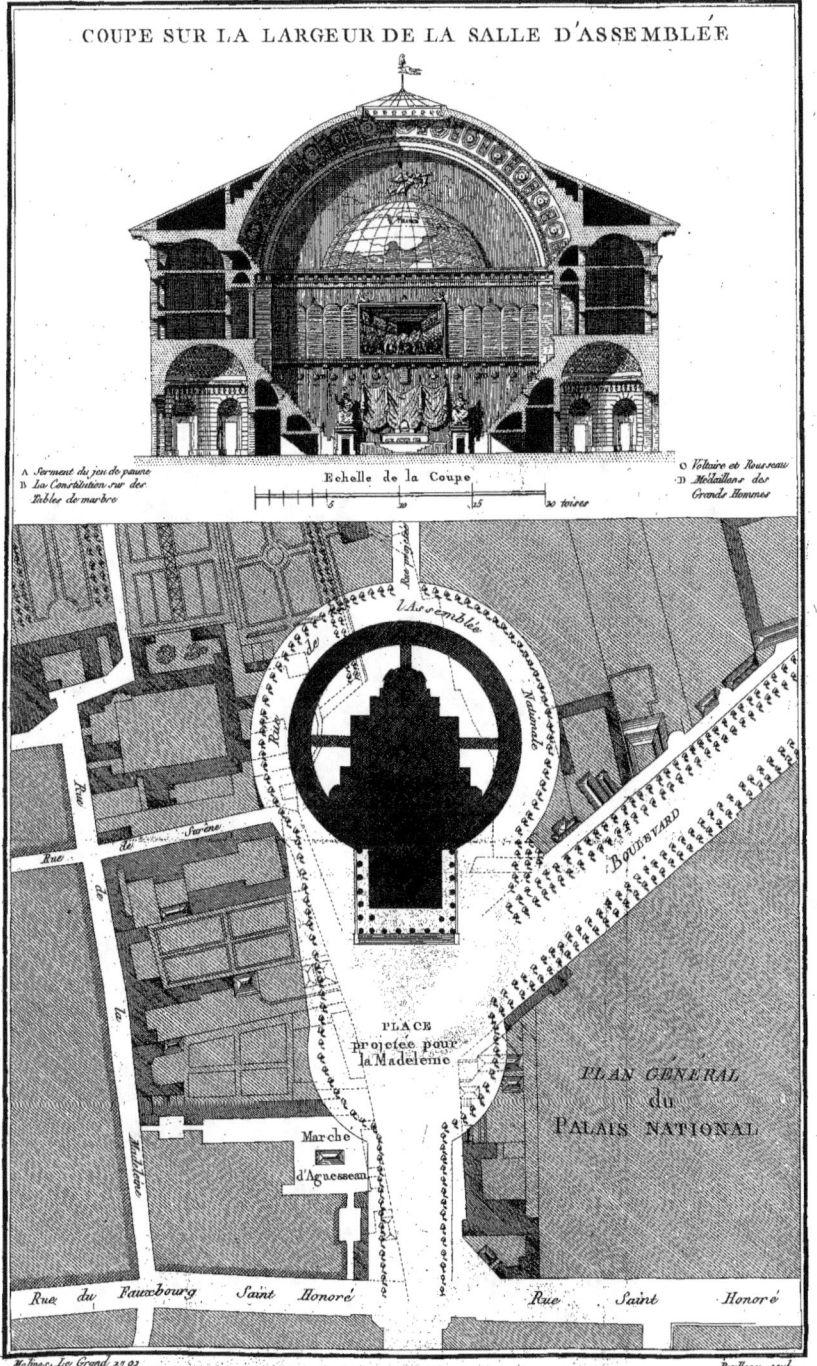

*Pl. VII*

# COUPE SUR LA LARGEUR DE LA SALLE D'ASSEMBLÉE

A  *Serment du jeu de paume*
B  *La Constitution sur des*
   *tables de marbre*

C  *Voltaire et Rousseau*
D  *Médaillons des*
   *Grands Hommes*

Echelle de la Coupe

*5     10     15     20 toises*

*l'Assemblée*

*Nationale*

*BOULEVARD*

PLACE
projetée pour
la Madeleine

Marché
d'Aguesseau

PLAN GÉNÉRAL
du
PALAIS NATIONAL

*Rue du Fauxbourg Saint Honoré*     *Rue Saint Honoré*

*Molinos, Le Grand 1792*     *Poulleau sculp.*

COUPE SUR LA LONGUEUR DU PALAIS NATIONAL.

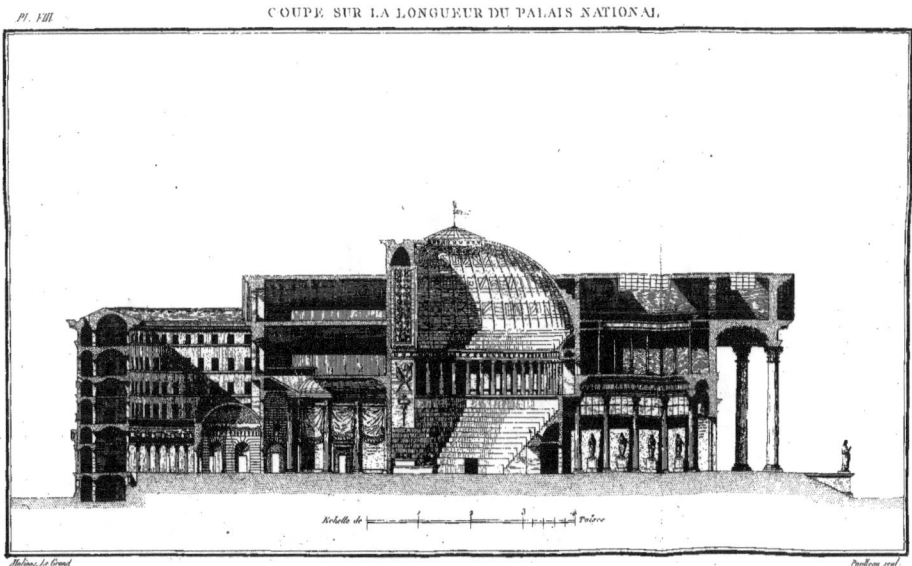

Echelle de ........... 3 ...... Toises

Malins, Le Grand                                                                                           Pauthom sul.

# PROJET DU CIRQUE NATIONAL.

ÉLÉVATION DE L'AUTEL DE LA PATRIE ET DU CIRQUE NATIONAL SUR LA LONGUEUR.

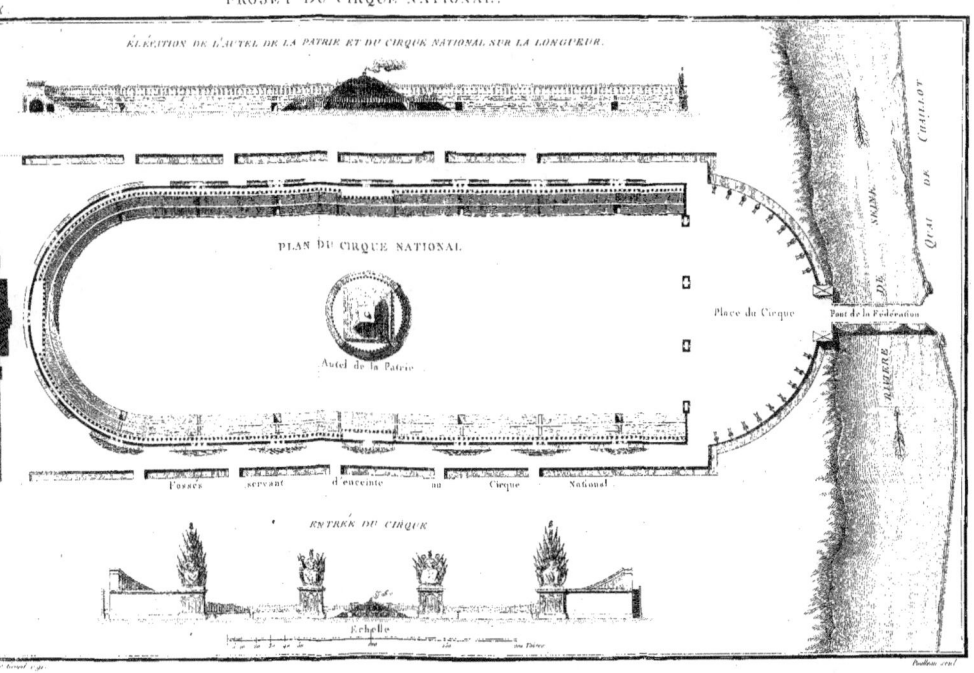

PLAN DU CIRQUE NATIONAL

Autel de la Patrie

Fossés servant d'enceinte au Cirque National

Place du Cirque

Pont de la Fédération

QUAI DE CHAILLOT

RIVIÈRE DE SEINE

ENTRÉE DU CIRQUE

Échelle

*Pl. X.*

PROJET DU MUSEUM

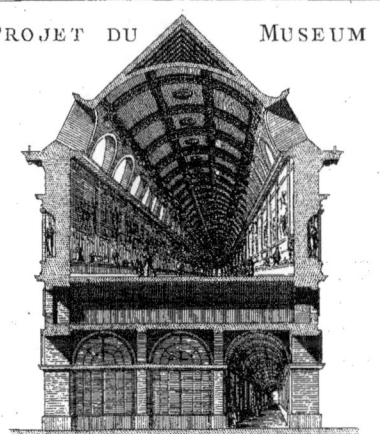

*COUPE SUR LA LARGEUR DU MUSEUM*

ÉLEVATION

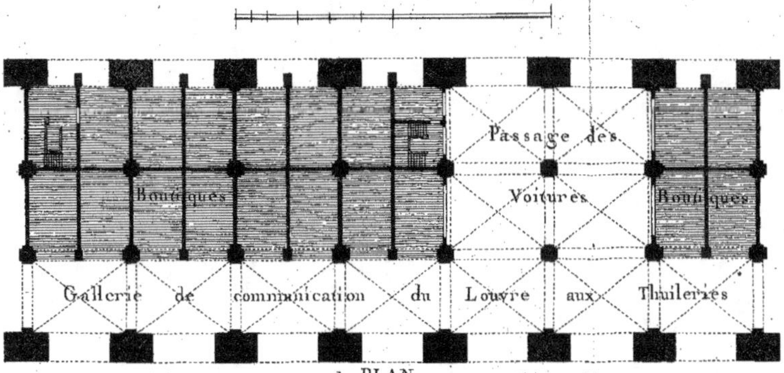

Passage des

Boutiques        Voitures        Boutiques

Gallerie  de  communication  du  Louvre  aux  Thuileries

Côté                du  PLAN                Carrousel

*Molinos, Le Grand 1791.*                                    *Poulleau sculp.*

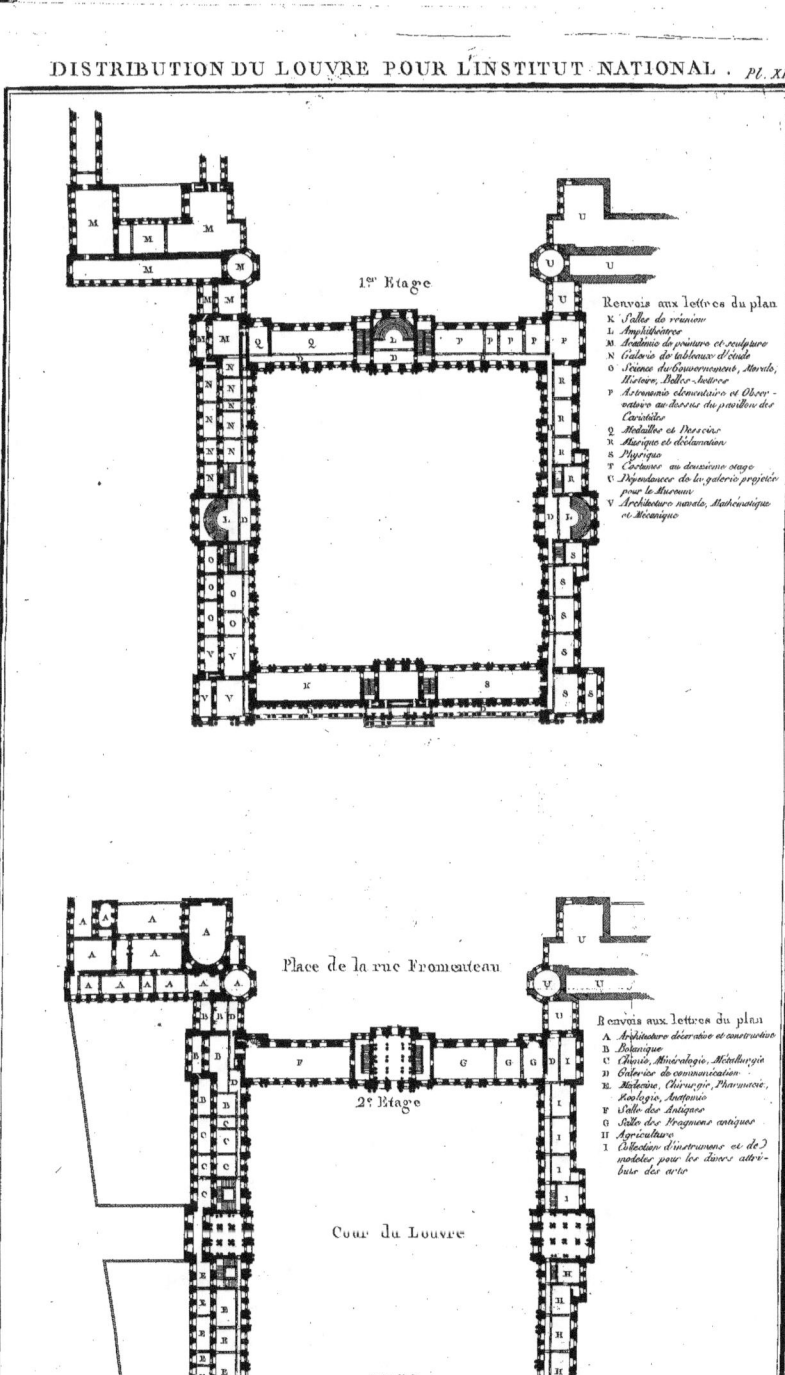

1er Etage

Renvois aux lettres du plan

K *Salles de réunion*
L *Amphithéâtres*
M *Académie de peinture et sculpture*
N *Galerie de tableaux d'étude*
O *Séance du Gouvernement, Morale, Histoire, Belles-Lettres*
P *Astronomie élémentaire et Observatoire au-dessus du pavillon des Cariatides*
Q *Médailles et Dessins*
R *Musique et déclamation*
S *Physique*
T *Costumes au deuxième étage*
U *Dépendances de la galerie projetée pour le Muséum*
V *Architecture navale, Mathématique et Mécanique*

Place de la rue Fromenteau

2e Etage

Cour du Louvre

Place du Peristile

Renvois aux lettres du plan

A *Architecture décorative et construction*
B *Botanique*
C *Chimie, Minéralogie, Métallurgie*
D *Galerie de communication*
E *Médecine, Chirurgie, Pharmacie, Zoologie, Anatomie*
F *Salle des Antiques*
G *Salle des Fragmens antiques*
H *Agriculture*
I *Collection d'instrumens et de modèles pour les divers attributs des arts*

Molinos Le Grand 1791.  Poulleau sculp.

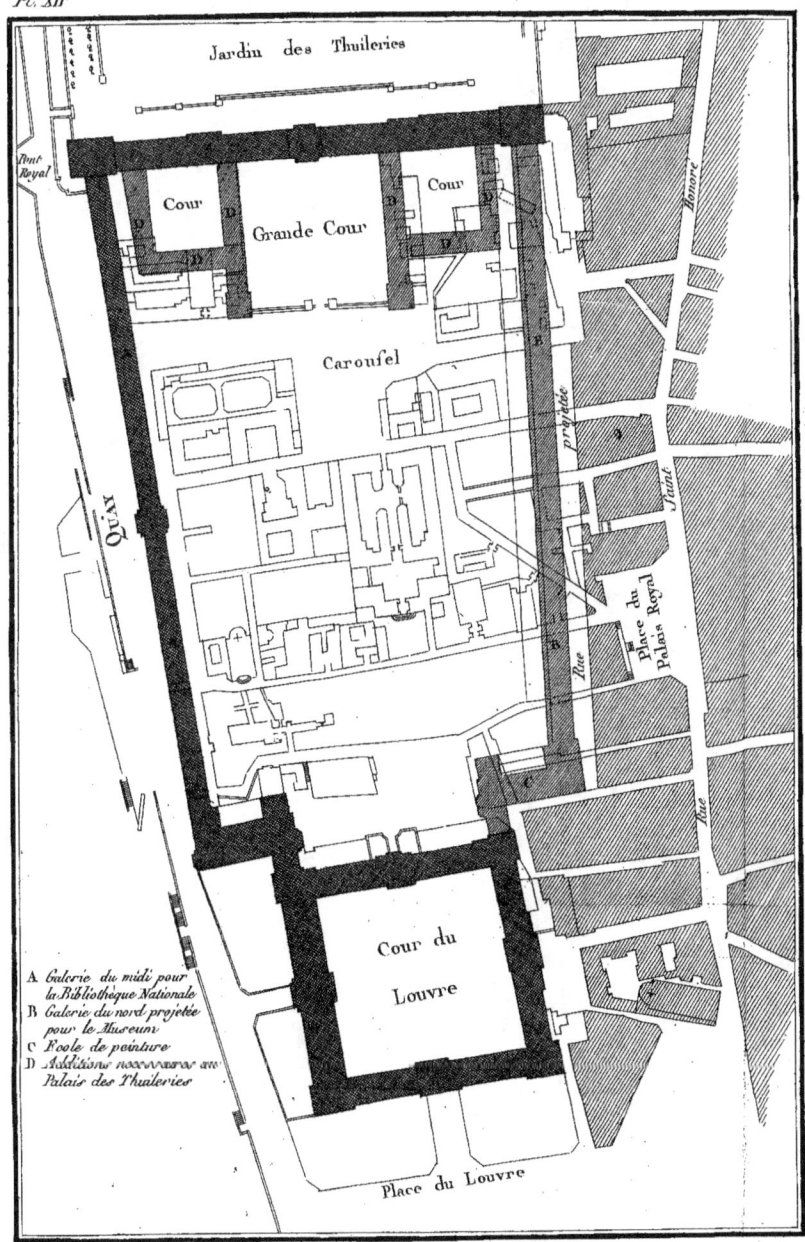

Jardin des Thuileries

Pont Royal

Cour

Grande Cour

Cour

QUAY

Caroufel

projetée

Ƭ Ɩonore

Joint

Rue

Place du Palais Royal

Rue

Cour du

Louvre

A Galerie du midi pour
  la Bibliothèque Nationale
B Galerie du nord projetée
  pour le Museum
C Ecole de peinture
D Additions necessaires au
  Palais des Thuileries

Place du Louvre

Molinos Le Grand 1791